백봉선전

서유경 옮김

박문사

〈백봉선전〉은 조선후기에 성행했던 영웅소설, 군담소설들처럼 영웅들의 군담을 주로 다룬 소설이다. 〈백봉선전〉의 존재에 대해서는 최근 들어 알려졌으며, 현재까지 발견된 이본은 국문 필사본 2종뿐이다. 1종은 69장본이고, 다른 1종은 87장본이다. 2종 모두 현재 국립한글박물관에 소장되어 있다. 이 책에서 대본으로 한 이본은 69장본 필사본이다.

〈백봉선전〉을 읽어보면 알겠지만, 〈백봉선전〉에는 우리가 익히 알고 있는 〈유충렬전〉, 〈소대성전〉, 〈조웅전〉과 같은 영웅소설 혹은 군담소설에서 한번쯤은 보았을 법한 장면들이 많이 나온다. 이는 아무래도 〈백봉선전〉의 주요 내용이 영웅적 능력을 가진 주인공들이 무너진 가문을 다시 세우고 나라를 위기에서 구하는 활약이 군담을 통해서 펼쳐지는 것이기 때문일 것이다.

이렇게 흔히 들었던 이야기 같은 느낌을 주는 〈백봉선전〉이지만, 〈백봉선전〉은 활자본이나 목판본으로 간행된 바 없어 많은 사람들에게 알려진 작품이라고 보기는 어렵다. 많은 사람들이 읽은 소설이 아님에도 우리가 알고 있는 소설인 듯한 느낌을 받는 이유는 〈백봉선전〉의 서사에 이미 다른 고전소설, 그 중에서도 영웅소설이나 군담소설 등에 있는 요소들이 많이 활용되고 있기 때문인 것으로 보인다.

〈백봉선전〉에 등장하는 인물들을 살펴보면, 백활수, 백단계, 백봉, 백선, 한화룡, 철남, 호왕, 덜렁쇠, 망월대사, 백 한림, 철산도사, 옥난, 이운경 등 다수이다. 그런데 이 등장인물들의 이름을 보면 궁금한 점이 생긴다. 작품의 제목이 〈백봉선전〉인데 왜 '백봉선'이라는 이름 은 없는가 하는 것이다. 바로 여기에 〈백봉선전〉의 특징이 있다. '백봉선'은 다름 아닌 '백봉'과 '백선'을 함께 시칭하는 이름으로 보아 야하기 때문이다. 봉과 선은 승상 백활수의 형제로, 자신의 아버지 백활수를 구출하고, 위기에 처한 황제를 지켜내는 활약을 펼치는 영웅이다. 이들 형제의 활약을 작품 내에서 서술할 때에 백봉, 백선 으로 분리할 때도 있지만 '봉선'이라고 표현할 때가 대부분이다.

〈백봉선전〉의 주요 내용을 정리해 보면 다음과 같다.

> 송나라 진주 반제촌에 살던 백활수라는 재상이 있었다. 자식이 없어 안타까워하였는데 꿈에 부채 두 개와 단계 가지 하나를 받고 삼 남매를 낳는다. 삼 남매의 이름은 단계, 봉, 선이다. 위국이 서 번의 침략을 받아 중국에 청병하자 백활수가 전쟁에 나간다. 그러 나 싸움에서 생포되어 볼모가 된다.
>
> 봉과 선 형제는 부친을 구하려는 뜻을 가지고 표용사에 공부하 러 간다. 봉과 선 형제는 꿈에서 백 한림이 한 말에 따라 망월대사 를 찾아가고, 육도삼략과 천문도 등을 수학하다가 포운갑, 청룡도, 봉두선을 받아 호왕을 치러 간다.
>
> 한화룡은 조실부모하고 걸식하다가 백 한림이라는 노인을 만나

육도삼략을 배운다. 화룡은 스승에서 보신갑과 용마를 얻어 황제를 도우러 간다. 스승은 자신의 손녀인 단계와 인연을 맺으라고 옥저와 예복을 준다. 화룡은 백 승상 집에 여인으로 꾸며 들어가 백 소저와 함께 밤을 보낸다. 화룡은 백 소저와 옥저와 거문고로 노래를 주고받다 남자임을 들키고, 소저와 화룡은 금봉채, 부채와 예복을 주고받아 후일을 기약한다.

중년에 상처한 정화백이 백 소저와 강제로 혼인하려 하자 백 소저는 시비와 옷을 바꾸어 입고 도망한다. 백 소저는 자신의 어머니와 함께 도망하다 이운경의 집에서 지낸다. 정화백은 반조하고자 출전하고, 호국과 거짓으로 싸워 항복한다.

한화룡과 봉과 선 형제가 황제를 만나고, 호의 장수를 통해 부친의 소식을 확인한다. 이운경의 집에 있던 백 소저와 어머니는 길을 떠나 헤매다가 망월대사를 만난다. 호왕은 봉과 선 형제와 대결하나 결국 항복한다. 한화룡이 금봉산 화선암에 가서 옥소를 불다가 백 소저와 상봉하고, 봉과 선 형제도 백 소저, 어머니와 다시 만난다. 그리고 백활수도 만나 온 가족이 상봉한다. 정화백이 화룡, 봉과 선 형제가 없을 때를 이용하여 반역하자, 황제가 피신하고, 봉과 선 형제가 황제를 구한다. 정화백은 처형당하고 태평한 세월을 맞이한다.

이렇게 〈백봉선전〉의 주요 내용은 아버지 백활수를 봉과 선 형제가 구출하는 이야기, 백활수의 딸 단계가 한화룡과 만나 인연을 맺는 이야기, 백봉과 백선, 한화룡이 영웅적 능력을 획득하여 호를 물리치고 황제를 구하는 이야기 등으로 이루어진다. 그리고 이러한 과정에 망월대사와 같은 초월적 능력을 소유한 인물이 개입하여 서사 진행 과정에서 결정적인 역할을 한다.

〈백봉선전〉을 읽으면서 독자로서 흥미를 느낄 수 있는 부분은 백봉, 백선, 한화룡이 현실적 전투를 벌이면서도 각종 초현실적 도구를 사용하여 전쟁에서 승리하는 장면이다. 이들 세 영웅이 전쟁하는 상황에서 그 상대 적들도 매우 뛰어난 전투 능력을 갖고 있어 이들의 대결이 막상막하로 느껴지기도 한다. 긴박하게 펼쳐지는 싸움 과정은 당시 독자들에게 매우 흥미로웠으리라 짐작된다.

한편 〈백봉선전〉에는 백단계와 한화룡의 만남에 대한 이야기도 펼쳐져 서사를 풍부하게 한다. 만약 〈백봉선전〉에 백봉과 백선, 한화룡의 전쟁 이야기만 있었다면 이야기의 재미가 다소 줄었을 것이다. 이렇게 〈백봉선전〉에서는 여러 인물 군상이 서로 힘을 합치기도 하고 대결하기도 하며, 헤어지기도 하고 만나기도 하며, 사랑하기도 하고 미워하기도 하는 등 다양한 서사가 펼쳐진다.

이 책에서 〈백봉선전〉의 원문은 자료에 있는 줄의 배치대로 옮겼다. 그러면서 띄어쓰기를 하여 읽기 좋게 하였다. 그리고 현대어로 옮기는 방식은 가능한 한 원전의 분위기를 살릴 수 있는 방향으로 하였다. 그런데 원문상으로 앞뒤 연결이 잘 되지 않거나, 어색한 부분들이 있기도 하였고, 글씨 확인이 어려워 알 수 없는 단어들로 의미 파악이 힘든 경우도 있었다. 이러한 경우에는 확인이 안 되는 부분, 문맥상 연결되지 않는 부분을 빼거나, 의미를 추측하여 옮겼다. 현대어로 바꾼 부분은 읽어서 이해될 수 있어야 한다고 판단했기 때문이다.

원문을 옮기고 현대어로 바꾸는 과정에서 오류를 최소화하기 위해 여러 차례 검토하고 수정했으나 여전히 바로잡아야 할 부분들이 남아 있을 것 같다. 옮긴이의 부족함으로 널리 이해해 주시기 바란다. 한글만으로 의미 전달이 부족한 경우에는 한자를 병기하였고, 생경한 어휘나 한자성어는 미주를 통해 풀이하거나 좀 더 편한 표현으로 바꾸었다. 독자께서 이해해 주시기 바란다.

이 책이 나오기까지 주변에서 전폭적으로 도와주신 분들께 깊은 감사를 드리고 싶다. 〈백봉선전〉을 읽을 수 있게 해 주신 국립한글박물관장님과 관계자 선생님께 감사드린다. 또한 책을 펴낼 수 있도록 허락해 주신 윤석현 사장님과 보기 좋게 잘 만들어주신 편집진께 감사드린다. 그리고 옆에서 항상 독려해 주는 나의 사랑하는 가족에게 고마운 마음을 전하고 싶다. 특히 내 글을 잘 읽어준 사랑하는 동생 유현과 제자 함회진에게 감사를 표한다.

서 유 경

차례

머리말 ———————————————————— 3

백봉선전 ———————————————————— 9

미주 ———————————————————— 341

백봉선전

빅봉선전이라

각셜 송시졀에 진쥬 반게촌에 혼 재상이 잇시되 성은 빅이요 명은 활
슈라 본디 명문거족으로 소연등과ᄒ여 명망이 조야에 진동ᄒ되
죠졍에 간시이 만키로 일직 벼살을 ᄒ직ᄒ고 그 부인 엿시을 달
이고 락향ᄒ여 굴음 속에 밧 갈기와 달 아리 고기 락기을 일삼아
세월을 보너던니 가산이 요부ᄒ고 이식이 유족ᄒ되 실ᄒ에
일졈혈육이 업셔 승상 부부 미일 슬어ᄒ던이 일일은 비몽간
에 승상이 춘경을 짤라 평싱 가 고기 락던 반게 물가에 감에
일모서산ᄒ고 숙조투림[1]이라 월빅풍쳥한디 쳔상으로
선관이 날러와 붓채 두 병과 단게 일지을 쥬며 왈 금봉산 화
선암 붓챈님이 그디 혈육 업심을 감동ᄒ사 이거슬 젼ᄒ
라 ᄒ기로 가져 완난니 부디 귀이 길너 쳔의을 어기지 ᄆ옵소셔 ᄒ
고 간

백봉선전이라

각설. 송나라 시절 진주 반계촌에 한 재상이 있으되 성은 백이요, 명은 활수라. 본디 명문거족으로 소년등과하여 명망이 조야에 진동하되 조정에 간신이 많기로 일찍 벼슬을 하직하고 그 부인 여씨를 데리고 낙향하여 구름 속에 밭 갈기와 달 아래 고기 낚기를 일삼아 세월을 보내더니 가산이 요부하고 의식이 유족하되 슬하에 일점혈육이 없어 승상 부부 매일 슬퍼하더니 일일은 비몽 간에 승상이 춘경을 따라 평생 가서 고기 낚던 반계 물가에 가매 일모서산하고 숙조투림(宿鳥投林)이라. 월백풍청(月白風淸)한데 천상에서 선관이 내려와 부채 두 자루와 붉은 계수나무 한 가지를 주며 왈

"금봉산 화선암 부처님이 그 댁 혈육 없음을 감동하사 이것을 전하라 하기로 가져 왔으니 부디 귀히 길러 천의(天意)를 어기지 마옵소서."

하고 간

디 업건늘 씨들르이 일장춘몽 황홀ᄒ다 그 부인 엿씨을 청ᄒ여
몽사을 이논 왈 노얏게서 연젼 티후 시랑시에 위국왕이 몹시사2)
빅성이 돗탄 즁에 들어 기훈이 즈심홀 시 황상쎄서 노야을 **틱츌**
ᄒ야 위국 안찰사을 졔수ᄒ시믜 황명을 **쌧자**와 위국에 득달ᄒ
야 선악을 명츌ᄒ고 환곡을 훗타 창싱을 건지시고 우양을 잡
아 천기산에 기우ᄒ야 디우 방수 쳘이 ᄒ니 빅성이 풍연을 만니
격양가늘 일삼으며 거리거리 목쳘비을 세우고 노야 돌아오실 쩌
예 길에 오슬 폐고 성덕을 일으며 유이부모 일름 갓치 ᄒ고 오시
던이 위국 장임성에 다달라 녹임촌 춘경을 구경ᄒ던이 그
숩풀 속으로 여승 수십 명이 나와 뵈옵고 ᄒ난 말이 소승 등
은 금봉산 화선암에 잇삽던이 소승 국왕이 몹시사 디찰을 헤
파ᄒ고 능묘을 모시고 붓쳰임은 풍우을 면치 못ᄒ옵고 소승 등 수
빅 명

데 없거늘 깨달으니 일장춘몽 황홀하다. 그 부인 여씨를 청하여 몽사(夢事)를 의논 왈

"노야께서 연전 태후 시랑 시에 위국왕이 심하게 하여 성이 도탄 중에 들어 기한이 자심할새 황상께서 노야를 택출하여 위국 안찰사를 제수하시매 황명을 받자와 위국에 득달하여 선악을 명찰하고 환곡을 흩어 창생을 건지시고 우양을 잡아 천기산에 기우하여 대우(大雨) 방수(放水) 천리 하니 백성이 풍년을 만나 격양가를 일삼으며 거리거리 목철비를 세우고 노야 돌아오실 때에 길에 옷을 펴고 성덕을 이르며 유아가 부모 이름 같이 하고 오시더니 위국 장임성에 다다라 녹림촌 춘경을 구경하더니 그 수풀 속으로 여승 수십 명이 나와 뵈옵고 하는 말이 '소승들은 금봉산 화선암에 있었더니 소승 국왕이 심하게 하여 대찰을 해하여 파하고 능묘를 모시고 부처님은 풍우를 면치 못하옵고 소승들 수백 명도

도 이지할 고지 업사 안직 이 숩속에 입삽거이와 추철을 당하오면 어
데 가 이퇴ㅎ오릿가 듯사오니 상공게옵서 위국 빅성을 위ㅎ고 적선
하신다

ㅎ옵기로 소승 등이 차자왓사오니 복걸 안찰사는 빈승 등을 살야주
옵소셔 ㅎ니 금 삼만 양을 시주ㅎ옵고 도라왓가 하시더니 이 사이에
들으미

화선암을 다시 이록하고 황성을 향ㅎ야 시시로 노야을 축원한다더니
그 은덕으로 화선암 붓체님이 우리게 와서 귀자을 점지하는쏘다 ㅎ
고 길기더

라 그 달붓터 퇴기 잇서 일남 일녜을 두엇시되 장자에 명은 봉이요 츳
자에 명은 선이요 일여에 명은 단게라 세월이 여류ㅎ여 삼 남미
숙성

하미 승상 붓체 미일 사랑ㅎ시더라 엇던 날 한 노구 와서 봉션 남미을

의지할 곳이 없어 아직 이 숲속에 있거니와 추적을 당하면 어디 가 의탁하오리까? 듣사오니 상공께옵서 위국 백성을 위하고 적선하신다 하옵기로 소승들이 찾아왔사오니 복걸(伏乞) 안찰사는 빈승들을 살려 주옵소서.' 하니 금 삼만 냥을 시주하고 돌아왔다 하시더니 그 사이에 들으매 화선암을 다시 이룩하고 황성을 향하여 시시(時時)로 노야를 축원한다더니 그 은덕으로 화선암 부처님이 우리에게 와서 귀자를 점지하는도다."

하고 즐거워하더라. 그 달부터 태기 있어 이남 일녀를 두었으되 장자의 명은 봉이요, 차자의 명은 선이요, 일녀의 명은 단계라.

세월이 여류하여 삼 남매 숙성하매 승상 부부 매일 사랑하시더라. 어떤 날 한 노파가 와서 봉과 선, 단계 남매를 보고 왈 나는 본디 위국 사람으로 강산 구경하라 드이옵더가 십연 전에 금봉산 화선암에 가보니 제승 등이 음식을 낭자이 장만하야 가사 치복으로 비는 말이 황성 반계촌 빅 승상딕에 귀즈 귀예 삼 남민

보고 왈

"나는 본디 위국 사람으로 강산 구경하러 다니다가 십년 전에 금봉산 화선암에 가 보니 제승들이 음식을 낭자하게 장만하여 가서 채복으로 비는 말이 '황성 반계촌 백 승상 댁에 귀자, 귀녀, 삼 남매를

을 졔수ᄒ옵소서 ᄒ고 발원ᄒ거늘 고이ᄒ다 ᄒ고 단이옵던니 오날날 승

상댁에 와 본즉 삼 남미을 두어시니 아미도 화선암 붓체님이 졈지하신가 ᄒ

여 삼 남미 상을 보오니 범상한 아기 인니리 ᄒ거을 승상 붓체 드르시고 비

상혼 지줄 알고 봉션 남미 평싱 길흉을 디강 물으신디 노귀 답 왈 이식을 동

서에 글고 단니는 노귀 무어슬 아오릿가마는 디강 짐작하건딘 열국을 마이 다니

삽기로 짐작ᄒ나이다 ᄒ며 왈 공자 비록 어릴지라도 미간에 강상 졍기을 씌고

흉중에 천지조화을 품엇시되 일직 부모을 일코 삼 남미 각각 헛타져 장

성한 후에 디공을 이루고 명망이 조야에 현달하여 다시 부모을 상봉할이니 부디 귀이

길으옵소서 ᄒ고 간디업거을 승상 부부 이로디 범상한 노귀 아닌 줄 알

제수하옵소서.' 하고 발원하거늘 괴이하다 하고 다니옵더니 오늘 승상 댁에 와 본즉 삼 남매를 두었으니 아마도 화선암 부처님이 점지하셨는가 하여 삼 남매 상을 보오니 범상한 아기 아니라."

하거늘 승상 부부 들으시고 비상한 자인 줄 알고 봉과 선 남매 평생 길흉을 대강 물으신대 노파가 답하기를

"의식을 동서에 끌고 다니는 노파가 무엇을 알겠습니까마는 대강 짐작하건대 열국을 많이 다니었기로 짐작하나이다."

하며 왈

"공자가 비록 어릴지라도 미간에 강상 정기를 띠고 흉중에 천지 조화를 품었으되 일찍 부모를 잃고 삼 남매 각각 흩어져 장성한 후에 대공을 이루고 명망이 조야에 현달하여 다시 부모를 상봉하리니 부디 귀히 기르옵소서."

하고 간데없거늘 승상 부부가 범상한 노파가 아닌 줄 알고

고 그 후로 장중보옥 갓치 사랑ᄒ나 미양 일을가 염예하더라 세월이 열류

ᄒ여 소졔 연광이 십이 셰요 봉에 연이 십 셰요 선에 연이 팔 셰라 세상이를

알 수 업사 금지에 부자 성명을 쌔겨 각각 밧구워 가지되 승상 성명은 봉

그 후로 장중보옥 같이 사랑하나 매양 잃을까 염려하더라.

세월이 여류하여 소저 나이가 십이 세요, 봉의 나이가 십 세요, 선의 나이 팔 세라. 세상일을 알 수 없어 금지에 부자(父子) 성명을 새겨 각각 바꿔 가지되 승상 성명은

선 형제을 주고 소제는 금봉치 반을 쩍거 금랑에 너어 주며 왈 일후에 일

로 신을 삼아 상봉하리라 ᄒ고 일시라도 일을가 염여ᄒ더라○각설씨

씨 셔번이 강성ᄒ야 위국을 십분에 구나 아삿시민 위왕이 쳥병의 문을 황

성에 보닐새 황제 근심하사 만조빅관을 모아 이논하실새 승상 졍화빅

이 출반 주 왈 할수는 문무겸젼하온 중에 저의 아비 연젼 시랑시에 위국

안찰사로 갓실 씨예 명망이 조야에 현달하얏시니 빅할수 아니오면 위국

이 위퇴하오리니 할수을 지시 픳초하시와 보니옵소서 한디 황제 올니 역

여사 할수을 직시 픠초ᄒ신디 승상이 황명을 밧자와 옥게 하에 현알한

봉과 선 형제를 주고 소저는 금봉채 반을 꺾어 금낭에 넣어 주며 왈

"일후에 이것으로 신표(信標)를 삼아 상봉하리라."

하고 일시라도 잃을까 염려하더라.

각설. 이때 서번이 강성하여 위국을 십 분의 구나 빼앗으매 위왕이 청병(請兵)하는 글을 황성에 보낼새 황제 근심하사 만조백관을 모아 의논하실새 승상 정화백이 출반하여 아뢰기를

"활수는 문무겸전하온 중에 저의 아비가 몇 해 전 시랑으로 위국 안찰사로 갔을 때에 명망이 조야에 현달하였으니 백활수가 아니면 위국이 위태하오리니 활수를 즉시 패초하시어 보내옵소서."

한대 황제가 옳게 여기사 활수를 즉시 패초하신대 승상이 황명을 받아 옥계 하에 현알한대

뎌 황제 갈아사뎌 달음 아이라 지금 위국이 서번에 눈을 만너 만분

위티

하여 쳥병 저문이 왓시니 경곳 아니만 뉘 능이 말니 타국에 가 도젹

을 물이

치고 위국 사직을 안보ᄒ리요 ᄒ시고 직시 즁국 뎌원수 인검을 주시

고 쳥

병 삼만과 용장 천여 원을 주시고 왈 말니 전장에 가 뎌공을 이루고

무사 득

황제 가라사대

"다름 아니라 지금 위국이 서번의 난을 만나 만분 위태하여 청병 조문이 왔으니 경이 아니면 뉘 능히 만리타국에 가 도적을 물리치고 위국 사직을 안보하리오?"

하시고 즉시 중국 대원수 인검(引劍)을 주시고 청병 삼 만과 용장 천여 원을 주시고 왈

"만리 전장에 가 대공을 이루고 무사히

달하라 하시고 전송ᄒ시거ᄂᆞᆯ 할슈 할이업서 물너나와 장졸을 정제
ᄒ고

발힝할ᄉᆡ 디장수기을 세우고 위국으로 가난 길에 본가에도 드지 못
하고

여부인에게 서간만 붓지고 힝군하야 여러 날 만에 위국 지경에 다달
아 바리보니

서번은 빅으로 드러 진을 젓시되 위염이 씩씩하고 위국은 편탑하야
하엿시되 위국

은 틱산을 등지고 진을 첫시나 장수 하낫도 업는지라 원수 제장을
도라보

아 왈 저러한 적병을 엇지 다 물이치리요 ᄒ고 궐ᄂᆡ을 향하더니 위
왕이

왈 소왕이 박복ᄒ와 서번에 난을 만너 본국을 십분에 구나 이럿시니
복걸

원수는 위국 사직을 안보하게 하옵소서 ᄒ고 앙천통곡하거을 원수
왈 소

득달(得達)하라."

하시고 전송하시거늘 활수가 하릴없어 물러나와 장졸을 정제하고 발행(發行)할새 대장수기를 세우고 위국으로 가는 길에 본가에도 들리지 못하고 여 부인에게 서간만 부치고 행군하여 여러 날 만에 위국 지경에 다다라 바라보니 서번은 벽으로 둘러 진을 쳤으되 위엄이 씩씩하고, 위국은 태산을 등지고 진을 쳤으나 장수가 하나도 없는지라.

원수가 제장(諸將)을 돌아보며 왈

"저러한 적병을 어찌 다 물리치리오."

하고 궐내를 향하더니 위왕이 왈

"소왕이 박복(薄福)하여 서번의 난을 만나 본국을 십 분의 구나 잃었으니 복걸(伏乞) 원수는 위국 사직을 안보하게 하옵소서."

하고 앙천통곡(仰天痛哭)하거늘 원수 왈

"소장이

장이 황명을 밧자와 말니 중지에 왓시나 위국장졸은 하낫도 업사옵고 중

국 장졸만 가지고 엇지 적병을 소멸하리요 하며 근심하더라 이젹에

호왕이 중국 쳥병 왓단 말을 듯고 비록 십만 병이라도 여반장3)이라

황명을 받들어 만리 중지(重地)에 왔으나 위국 장졸은 하나도 없사옵고 중국 장졸만 가지고 어찌 적병을 소멸하리오."

하며 근심하더라.

이때에 호왕이 중국 청병 왔다는 말을 듣고

"비록 십만 병이라도 여반장(如反掌)이라."

ᄒ더라 이튼날 평명에 호왕이 좌익장 쳘남을 불너 이논하되 너히 등은 오날

위왕과 중국 쳥병 중졸에 목을 벼혀 휘하에 밧치라 ᄒ더 쳘남이 주 왈

소장이 디왕을 모시고 전상에 나와 위구 쳥병 십만과 용장 천여 원을 쇼멸ᄒ

얏거던 엇지 조고마한 쳥병을 둘여ᄒ리요 직시 말을 타고 숑진으로 향하야

싸홈을 도도거을 이젹 원수 장디에서 진세을 살피더니 젹진 중으로 이원 디중

이 진전에 나와 회힝ᄒ야 이기양양하더라 바리보니 몸에 영신갑을 입고 머리예 황금투구을 씨고 좌수에 삼빅근 장창을 들고 우수에 용천금을

들고 두 줄 이을 갈며 웨여 왈 위왕은 쌜니 나와 목을 올니라 하는 소

하더라. 이튿날 날이 밝을 때에 호왕이 좌익장 철남을 불러 의논하되

"너희들은 오늘 위왕과 중국 청병 장졸의 목을 베어 휘하에 바치라."

한대 철남이 아뢰기를

"소장이 대왕을 모시고 전장(戰場)에 나와 위국 청병 십만과 용장 천여 원을 소멸하였는데 어찌 조그마한 청병을 두려워하리오."

하고 즉시 말을 타고 송진으로 향하여 싸움을 돋우거늘 이때 원수가 장대에서 진세를 살피더니 적진 중으로 원군(援軍) 대장이 진전에 나와 회행(回行)하여 의기양양하더라. 바라보니 몸에 영신갑을 입고 머리에 황금투구를 쓰고 왼손에 삼백 근 장창을 들고 오른손에 용천검을 들고 두 줄 이를 갈며 외쳐 왈

"위왕은 빨리 나와 목을 올리라."

하는 소리에

리 양진 중이 놀내더라 원수 분기을 이기지 못하야 우익장 티흘을
불어 왈
반적은 드르라 너히 등은 강포만 밋고 위국을 침범한다 하기로 우리
황제 질로하사 날로 하야곰 너에 왕에 목을 벼혀 올이라 ᄒᆞ기로 완
나니

양진중(兩陣中)이 놀라더라. 원수가 분기(憤氣)를 이기지 못하여 우익장 태흘을 불러 왈

"반적(叛賊)은 들으라. 너희들은 강포만 믿고 위국을 침범한다 하여 우리 황제 진노(震怒)하사 나로 하여금 너의 왕의 목을 베어 올리라 하시기로 왔나니

위선 먼저 너을 비혀 분을 시으리라 하고 달여드러 합젼ᄒ니 진지 덕수라 이십

여 합에 승부을 불결ᄒ고 쏘 오십여 합에 이르어 쳘남에 카리 번듯하야 티흘에 탄 말

을 질너 쌍에 업지러고 티흘을 엄살하야 후군을 불너 진중에 수금하라

ᄒ고 말을 칫쳐 진전에 회행ᄒ며 웨여 왈 위진 중 장사 잇거던 쌜이ᄂ와

목을 느리여 니 칼을 바드라 하거을 원수 분기을 참지 못하야 니달나 싸

와 오십여 합에 이러라 쳘남이 그짓 픠하야 본진을 드러가거을 원수 젹진 중에 짓쳐 드러가니 쳘남는 간딕업고 진중에 안긔 가득하며 시셕이 비

오덧 하거을 어는 사이에 장사 진천 속에 싸이엿시니 싱각건디 나난 제

비라도 버서나지 맛할너라 쳘람이 호영ᄒ여 원수을 생검하야 진중에

우선 먼저 너를 베어 분을 식히리라."

하고 달려들어 합전하니 짐짓 적수라. 이십여 합에 승부를 맺지 못하고 또 오십여 합에 이르러 철남의 칼이 번듯하여 태흘이 탄 말을 찔러 땅에 엎드러뜨리고 태흘을 엄살하여 후군을 불러 진중에 잡아 가두라 하고 말을 채쳐 진전에 회행(回行)하며 외쳐 왈

"위진 중 장사가 있거든 빨리 나와 목을 늘여 내 칼을 받으라."

하거늘 원수가 분기를 참지 못하여 내달아 싸워 오십여 합에 이르니 철남이 거짓 패하여 본진을 들어가거늘 원수가 적진 중에 채쳐 들어가니 철남은 간데없고 진중에 안개가 가득하며 시석(矢石)이 비 오듯 하거늘 어느 사이에 장수가 진창 속에 싸였으니 생각건대 날아가는 제비라도 벗어나지 못할러라. 철남이 호령하여 원수를 생포하여 진중에

가두고 송 진즁에 드러와 무인지경 갓치 회힝ᄒᆞ며 좌우충돌ᄒᆞ니
군사 죽으미 퇴산갓고 피 흘너 성쳔ᄒᆞ더라 이젹에 위왕이 장터예
안져

양진 진세을 살피더이 원수 싱검함을 보시고 앙쳔 탄 왈 위국 사직

가두고 송 진중에 들어와 무인지경 같이 회행하며 좌우충돌하니 군
사가 죽으매 태산 같고 피 흘러 성천(成川)하더라.

이적에 위왕이 장대에 앉아 양진 진세를 살피더니 원수가 생포됨
을 보시고 앙천(仰天) 탄식하기를

"위국 사직이

이 너게 와셔 뭉케 될 줄 엿지 아랏시리요 ᄒ며 자결코져 ᄒ시더니 쳘
람이 용천금을 들고 호령ᄒ며 왈 위왕은 ᄲᆞᆯ니 나와 목을 느리라
한디 위왕이 하리업서 항셔을 ᄡᅥ 올니거늘 쳘남이 본진에 도라와 원
수을 훗통 왈 위왕에 항셔을 바닷시니 보아라 ᄒ며 보이거눌 원수
티흘을 도라보며 왈 중국 쳥병장으로 전장에 와 픠ᄒ고 무슨 면목
으로 황제을 뵈오리요 차라리 이고더셔 죽아 혼빅이나 고국에 도라가
리라 ᄒ
고 자결코자 ᄒ거을 쳘람이 호령 왈 너히을 죽일 ᄶᅥ시로되 십분
용서하오니 ᄲᆞᆯ니 항셔을 오리고 고국으로 도라가라 ᄒ거을 원수 불
노ᄒ여 왈 너 아모리 네게 생금하얏신들 긔갓튼 뎍장에 칼을 져어ᄒ
야 엇지 항복할리요 하며 분기등등ᄒ거을 쳘남이 호령ᄒ야
군중에 회시4)ᄒ라 ᄒ니 호왕이 왈 사람마당 져 임국 섬기기는 일반
이라
나마 나라 충신을 엇지 죽이리요 티흘을 자바 너여 경계ᄒ여 방송하

내게 와서 망하게 될 줄 어찌 알았으리오."

하며 자결코자 하시더니 철남이 용천검을 들고 호령하며 왈

"위왕은 빨리 나와 목을 늘이라."

한대 위왕이 하릴없어 항서를 써 올리거늘 철남이 본진에 돌아와 원수에게 호통하기를

"위왕의 항서를 받았으니 보아라."

하며 보이거늘 원수가 태흘을 돌아보며 왈

"중국 청병장으로 전장에 와 패하고 무슨 면목으로 황제를 뵈리오. 차라리 이곳에서 죽어 혼백이나 고국에 돌아가리라."

하고 자결코자 하거늘 철남이 호령 왈

"너희를 죽일 것이로되 십분 용서하니 빨리 항서를 올리고 고국으로 돌아가라."

하거늘 원수가 분노하여 왈

"내가 아무리 네게 생포되었던들 개 같은 적장의 칼을 두려워하여 어찌 항복하리오."

하며 분기등등하거늘 철남이 호령하여

"군중에 회시(回示)하라."

하니 호왕이 왈

"사람마다 자기 임금 섬기기는 일반이라. 남의 나라 충신을 어찌 죽이리오. 태흘을 잡아내어 경계하고 풀어주되

되 고국으로 도라가 너에 왕다려 이으되 중국 원수 할수는 충신이기로 안

이 죽이고자 바갓다가 항복하거던 보닌다 하며 일으라 하고 다려가거을 티

흘이 하리업서 나문 군사 수천 명을 다리고 도라온지라○이젹 황졔 원수을

젼장에 보닉고 날노 기달이더니 픽군 장틔흘이 도라와 복지 주 왈 원수 할

수는 항복 안이하기로 달여갓단 말삼을 주달한디 황졔 드르시고 딕 경하야 왈

할수을 볼미로 달여갓사오니 일후 후한이 잇시리라 하시더라○각 셜 이젹

에 부인이 봉션 형졔와 단게을 다리고 승상 도라오시기을 날노 기달 이더니

문득 시비 보이고 하는 마리 승상에 서간이 왓다 하고 올니거을 피 봉을 쎄

고국으로 돌아가 너의 왕더러 이르되 중국 원수 활수는 충신이기로 아니 죽이고자 가뒀다가 항복하면 보낸다고 이르라."

하고 데려가거늘 태흘이 하릴없어 남은 군사 수천 명을 데리고 돌아온지라.

이때 황제가 원수를 전장에 보내고 날로 기다리더니 패군 장태흘이 돌아와 엎드려 아뢰기를 원수 활수는 항복하지 않기로 데려갔다는 말씀을 주달한대 황제가 들으시고 대경하여 왈

"활수를 볼모로 데려갔사오니 일후 후환이 있으리라."

하시더라.

각설. 이적에 부인이 봉과 선 형제와 단계를 데리고 승상 돌아오시기를 날로 기다리더니 문득 시비 보고 하는 말이 승상의 서간이 왔다 하고 올리거늘 겉봉을 떼어

여보니 ᄒᆞ엿시되 나는 황명을 밧자와 말이 젼장 위국에 가 도라을 ᄰᅥ을 아지

못ᄒᆞ니 부인은 어린 봉션 남ᄆᆡ을 다리고 부ᄃᆡ 평안이 지ᄂᆡ면 쳔힝으로 셩

공하고 도라오면 반가이 볼사이다 하얏더라 부인이 보기을 다하ᄆᆡ 옥빈5)

에 눈물을 먹음고 왈 젼장은 중지라 하물며 말니타국으로 갓시니

보니 하였으되

　나는 황명을 받아 만리 전장 위국에 가 돌아올 때를 알지 못하니
부인은 어린 봉과 선 남매를 데리고 부디 평안히 지내면 천행으로
성공하고 돌아와 반가이 보사이다.

하였더라. 부인이 보기를 다하매 옥빈(玉鬢)에 눈물을 머금고 왈
"전장은 중지(重地)라. 하물며 만리타국으로 갔으니

어는 쩌예 도라오리요 후며 눌노 기달이더니 드르미 위국이 픽후여 원수는 항복 아이후기로 호국에 잡펴 갓단 말삼을 듯고 정신이 아득후여 실픠 이통후니 봉션 형졔 위로 왈 모친는 염여 마옵소셔 소자 등이 부친을 모셔오리다 부인이 왈 그럿치 아니하야도 자식 이별하리라 하기로

주야염여후거을 어린 아히 말니타국에 엇지 득달할리요 너는 외람한 말을 하지 말나 후신디 봉션이 울며 왈 남에 자식이 되얏다가 붓친이 말이

타국에 볼미 가심을 보고 엇지 어연이 잇시리요 볼미는 무한연이노니 어

는 쩌예 붓친을 만니 뵈외리요 엔날 소무는 흉로에 항복 아이하기로 십

구 연을 볼밀노 잇다가 도라왓거던 어지 속히 회환하시릿가 엔말에 하얏시되 나라 셤길 날는 맘삽고 부모 셤길 날는 즉다 하오니 소자는 모미 맛돗록 호국에 가 부친을 모시고 도날올가 하나이다 부인이 왈 너 말리야 오즉 오르야마는 지기일이요 미지기이라[6] 너 만일 간다 하여도 승상이 항

어느 때에 돌아오리오."

하며 날로 기다리더니, 들으매 위국이 패하고 원수는 항복 아니 하기로 호국에 잡혀 갔단 말씀을 듣고 정신이 아득하여 슬피 애통하니 봉과 선 형제가 위로하기를

"모친은 염려 마옵소서. 소자들이 부친을 모셔 오리다."

하니 부인이 왈

"그렇지 아니하여도 자식 이별하리라 하기로 주야 염려하거늘 어린아이가 만리타국에 어찌 득달(得達)하리오. 너는 외람한 말을 하지 말라."

하신대 봉과 선이 울며 말하기를

"사람의 자식으로 부친이 만리타국에 볼모로 가심을 보고 어찌 의연히 있으리이까? 볼모는 무한년(無限年)하오니 어느 때에 부친을 만나 뵈리오. 옛날 소무는 흉노에 항복 아니하기로 십구 년을 볼모로 있다가 돌아왔거든 어찌 속히 회환(回還)하시리까? 옛말에 하였으되 '나라 섬길 날은 많사옵고 부모 섬길 날은 적다.' 하오니 소자는 몸이 다하도록 호국에 가 부친을 모시고 돌아올까 하나이다."

부인이 왈

"네 말이야 오죽 옳으랴마는 하나는 알고, 둘은 모르는 것이라. 네가 만일 간다 하여도 승상이

복지 아니하면 엇지 회환ᄒ리요 너는 일후 장성하거던 가라한더 봉
션 형제 할일업서 학업을 힘스며 달 알에 말달니기와 칼 씨
기을 힘씨더니 일일은 부인 전에 엿자오되 지금 세월이 분노하
와 도격은 사처에 별이듯한더 엇지 초야에 뭇쳐 울적한 회
포을 속절업시 썩길잇가 복원 못친은 허락하시면 실하을 더나 어
진 선싱을 만니 지조을 비와 쓰들 페게 ᄒ옵소서 ᄒ되 부인이 올이
억여 왈 여기셔 오십 이을 가면 표용사람 졀이 잇시니 그 졀에 공부하야
도라오라 ᄒ시고 왈 너 부친의 사싱을 모른 중에 너조차 그려 엇지
사리요
못니 슬어ᄒ시거을 봉션이 믄든 위로ᄒ고 직시 하직ᄒ고 쩌나더
라○각셜 이적에 홈양 ᄻ에 ᄒᆞᆫ 아히 잇시되 셩은 혼이요 명은 화
용이라 조실부모하고 사히로 집을 삼아 두로 걸식하고 단이나
심은 능히 만분부당지용[7]이요 지략이 겸젼한지라 세상에 두려할

항복하지 아니하면 어찌 회환하리오? 너는 일후(日後) 장성하거든 가라."

한대 봉과 선 형제가 하릴없어 학업에 힘쓰며 달 아래 말달리기와 칼 쓰기에 힘쓰더니 일일은 부인 전에 여쭈되

"지금 세월이 분노하여 도적은 사방에 벌이는 듯한데 어찌 초야에 묻혀 울적한 회포를 속절없이 썩이리까? 엎드려 바라건대 모친께서 허락하시면 슬하를 떠나 어진 선생을 만나 재주를 배워 뜻을 펴게 하옵소서."

한대 부인이 옳게 여겨 왈

"여기서 오십 리를 가면 표용사라는 절이 있으니 그 절에서 공부하고 돌아오라."

하시고 왈

"네 부친의 사생(死生)을 모른 중에 너조차 그러면 어찌 살리오."

못내 슬퍼하시거늘 봉과 선이 만단 위로하고 즉시 하직하고 떠나더라.

각설. 이적에 함양 땅에 한 아이 있으되 성은 한이요, 명은 화룡이라. 조실부모(早失父母)하고 사해(四海)로 집을 삼아 두루 걸식하고 다니나 힘은 능히 만분부당지용(萬夫不當之勇)이요, 지략이 겸전(兼全)한지라. 세상에 두려워할

거시 업시민 심산궁곡에 들어가 칼 씨기와 말달이기을 일삼
아 밤이면 인간에 와 걸식ᄒ고 날이 시면 산곡에 들어가 지조을
비우더니 일일은 산곡에서 한 동자 나려와 문 왈 그딕가 함양 ᄯᅡᆼ에
사난 호화용이 안인다 화용이 딕 왈 과연 그러하노라 동자 딕 왈
션싱게서 불으신다 하거늘 화용이 딕 왈 션싱은 뉘시며 어딕 게신
닛가 동자 딕 왈 가보면 자연 알이라 한딕 화용이 동자을 ᄶᅡ아가니 일
칸초옥이 잇시되 화초난 만발하여 봉접이 날어들고 송죽은 울
밀하여 빅하기 왕늬하니 진실노 별건곤이라 단상을 바릭보니
한 노인이 안잣시되 창안빅발[8]에 족관을 시고 홍포옥딕에 단정

것이 없으매 심산궁곡에 들어가 칼 쓰기와 말달리기를 일삼아 밤이면 인간에 와 걸식하고 날이 새면 산곡에 들어가 재주를 배우더니 일일은 산곡에서 한 동자가 내려와 묻기를

"그대가 함양 땅에 사는 한화룡이 아닌가?"

화룡이 대답하기를

"과연 그러하노라."

동자 대답하되

"선생께서 부르신다."

하거늘 화룡이 대답하여 말하되

"선생은 뉘시며 어디 계시니까?"

동자 대답하되

"가 보면 자연 알리라."

한대 화룡이 동자를 따라가니 일간초옥(一間草屋)이 있으되 화초는 만발하여 봉접(蜂蝶)이 날아들고 송죽은 울밀하여 백학이 왕래하니 진실로 별건곤(別乾坤)이라. 단상을 바라보니 한 노인이 앉았으되 창안백발(蒼顔白髮)에 족관을 쓰고 홍포옥대에 단정히

이 안저 빅학을 히롱하거늘 인간 사람이 안인 줄 알고 압혜 나아
가 절호티 노인 왈 네는 엇드한 아희관티 날노 산곡에 들어와 들
닌다 화용 사비 왈 소자는 인간 미쳔한 스롬으로 선경을 범하

앉아 백학을 희롱하거늘 인간 사람이 아닌 줄 알고 앞에 나아가 절한대 노인 왈

"너는 어떠한 아이관데 매일같이 산곡에 들어와 다니는가?"

화룡이 사배 왈

"소자는 인간 미천한 사람으로서 선경을 범하였으니

엿시니 죄을 용서하옵소서 노인이 왈 너난 어디 살며 성명은
무어신다 화용이 디 왈 소자에 성명은 한화용이옵고 살기논
함양 쌍이로소이다 노인이 쏘 문 왈 그려면 네 선친은 뉘라 하논다
화용이 디 왈 선조은 충신 흔우경에 후예옵고 흔 학관에 아들
이로소이다 노인이 화용에 손을 잡고 왈 난 네에 조부와 죽마고우
라 흐
며 왈 엇던 사름는 황천에 도라가도 저러한 후손을 두언난고 흐면서
뇌빈에 눈물을 머금고 슬어하거늘 화룡이 들으미 져에 조부와 죽
마교우라흐니 져 조부 만닌 듯하야 체읍 문 왈 문난이다 디인에
존호
을 뉘라 하시이가 그 노인이 왈 나는 빅 할임이라 하거니와 네에
조부와

죄를 용서하옵소서."

노인이 왈

"너는 어디 살며 성명은 무엇인가?"

화룡이 대답하기를

"소자의 성명은 한화룡이옵고 살기는 함양 땅이로소이다."

노인이 또 묻기를

"그러면 네 선친은 뉘라 하는가?"

화룡이 대답하되

"선조는 충신 한우경의 후예이옵고 한 학관의 아들이로소이다."

노인이 화룡의 손을 잡고 왈

"난 너의 조부와 죽마고우라."

하며 왈

"어떤 사람은 황천에 돌아가도 저런 후손을 두었는고?"

하면서 노빈(老鬢)에 눈물을 머금고 슬퍼하거늘 화룡이 들으매 저의 조부와 죽마고우라 하니 자신의 조부 만난 듯하여 체읍하며 묻기를

"묻나이다. 대인의 존호를 뉘라 하시니까?"

그 노인이 왈

"나는 백 한림이라 하거니와 너의 조부와

한씨 입조하야 베살하다가 낙향한지 오십여 연이라 ᄒᆞ시고 왈 너난 혹
업을 힘써 선조을 빈너계 ᄒᆞᆷ이 올커늘 무삼 일노 산곡에 들에와 충금
만 힘씨난다 화룡이 ᄃᆡ 왈 남자 세상에 처하여 문무을 겸전하엿다가 는

한때 입조하여 벼슬하다가 낙향한 지 오십여 년이라."

하시고 왈

"너는 학업을 힘써 선조를 빛내게 함이 옳거늘 무슨 일로 산곡에 들어와 창검만 힘쓰는가?"

화룡이 대답하기를

"남자가 세상에 처하여 문무를 겸전하였다가

셰을 만너거던 전장 나가 격졸을 함몰하고 일호을 축빅에 올니미
올삽고 평세 되면 임금을 충성으로 섬김이 올삽거을 엇지 글만 일삼으
릿가 노인이 왈 장하다 이 말이여 족히 옛사람을 본밧을로다 ᄒ며 칙
세 권을 너여주며 이거슬 보라 하거을 바다보니 싱정 못 보단 육도숨약
이라 쥬야슉독하야 무불통지9)하더라○이젹 봉선 형졔 표용사에
가 공부ᄒ며 축원 왈 에데가 선생을 만너 지조을 비우게 ᄒ옵소셔
정성을 비더니 일일은 비몽간에 학발노인이 와 이르되 오러지 아
하면 시절이 요란할 거시니 이제 급피 ᄯ나 형산 망월뎌사을 차져
가 지
조을 비와 ᄯ을 일치 말고 성공한 후에 너 아비을 만너리라 ᄒ
고 간 디 업거을 ᄭ달으니 남가일몽이라 이은 엇던 실영인고 하니
빅 할
님에 실영이라 봉이 잠을 일우지 못ᄒ고 동싱 선을 ᄭ와 몽사을
이르고 죽창을 열고 보니 야쇡은 삼경이라 심회을 금치 못한 중

난세를 만나면 전장에 나가 적병을 함몰하고 이름을 죽백(竹帛)에 올림이 옳사옵고 태평세월이 되면 임금을 충성으로 섬김이 옳거늘 어찌 글만 일삼으리까?"

노인이 왈

"장하다, 이 말이여! 족히 옛사람을 본받으리로다."

하며 책 세 권을 내어 주며

"이것을 보라."

하거늘 받아 보니 생전 못 보던 육도삼략이라. 주야로 숙독(熟讀)하여 무불통지(無不通知)하더라.

이때 봉과 선 형제가 표용사에 가 공부하며 축원 왈

"어디에 가 선생을 만나 재주를 배우게 하옵소서."

정성을 빌더니 일일은 비몽간에 학발노인이 와 이르되

"오래지 않아 시절이 요란할 것이니 이제 급히 떠나 형산 망월대 사를 찾아가 재주를 배워 때를 잃지 말라. 성공한 후에 너의 아비를 만나리라."

하고 간데없거늘 깨달으니 남가일몽이라. 이는 어떤 신령인가 하니 백 한림의 신령이라. 봉이 잠을 이루지 못하고 동생 선을 깨워 몽사를 이르고 죽창을 열고 보니 야색(夜色)은 삼경이라. 심회를 금치 못한 중에

에 하물며 붓친을 만나리라 ㅎ니 엇지 일시들 짓체하리요 직시 힝
중을 수십ㅎ여 삼경에 써나 형산을 향하니라 여러 날 만에 형산
에 다달으이 천봉은 만학ㅎ고 수목창천한데 어데로 향하리요 무
수이 사례 왈 홋토 실영은 살피옵소서 봉선 형졔은 부친이 갑자
연 난을 만니 수말리 타국에 가 도라오지 아니ㅎ오되 우리 형졔 성공
후에 부친을 만나리라 ㅎ니 바리건딘 선생을 속히 만나게 ㅎ옵
소서 산곡으로 더러간 지 수일 만에 인간은 업고 황혼이 되미 할이업
서 본석을 이지하여 밤을 지너더니 이윽고 산곡으로 바러보니 등촉이
나려오거을 인가인 줄 알고 마조 나가더니 동자 등촉을 들고 바로
지너거
늘 봉성 헝제 웨여 왈 동자는 불을 머물너 질 막힌 사람을 인도하옵
소서 한디 동자 왈 나난 선싱의 명영을 밧자와 봉선을 차저가거늘
그디는 엇던 사람이관디 급한 불을 머물난야 봉선이 답 왈 과

하물며 부친을 만나리라 하니 어찌 일시인들 지체하리오.

즉시 행장을 수습하여 삼경에 떠나 형산을 향하니라. 여러 날 만에 형산에 다다르매 천봉은 만학하고 수목은 창천한데 어디로 향하리오. 무수히 사례 왈

"후토 신령은 살피옵소서. 봉과 선 형제는 부친이 갑자년 난을 만나 수만 리 타국에 가 돌아오지 아니하되 우리 형제가 성공한 후에 부친을 만나리라 하니 바라건대 선생을 속히 만나게 하옵소서."

산곡으로 들어간 지 수 일 만에 인간은 없고 황혼이 되매 하릴없어 반석(盤石)을 의지하여 밤을 지내더니 이윽고 산곡을 바라보니 등촉이 내려오거늘 인가(人家)인 줄 알고 마주 나가더니 동자가 등촉을 들고 바로 지나가거늘 봉과 선 형제가 외쳐 왈

"동자는 불을 머물러 길 막힌 사람을 인도하옵소서."

한대 동자 왈

"나는 선생의 명령을 받자와 봉과 선을 찾아가거늘 그대는 어떤 사람이관데 급한 불을 머물라 하느냐?"

봉과 선이 답하되

연 우리가 봉선이노라 선동이 답 왈 약차 힛다면 선싱에 명영 몰어 갈 변

하엿도다 ᄒ고 봉선 형제을 다리고 가 선싱 전에 뵈온디 봉선이 바리 보니 당상에 노인이 안잣시되 흑삼을 입고 구졀 죽장을 집고 당상에 안잣다가 ᄆ조 나와 손을 줍고 왈 그디가 진주 반게촌 빅 공자가 아니

신가 산곡 흠노에 근고하신 줄 아랏시되 노승이 각역이 업사와 멀이 가 맛지 못하얏시니 허물치 ᄆ옵소서 봉선이 그졔야 형산 도산 줄 알고 공경 이비 사 왈 소자 형졔 선싱을 차자옵더가 일모노싴 ᄒ와 암상을 이지ᄒ여 봄을 지닌더니 존ᄉ쎠서 동자을 명하여 소자 형졔을 인도하옵시니 황공무지로소이다 도사 왈 소승은 이곳 사람이 아니라 위국 금봉산 화선암에 잇삽더니 화선암 붓쳰이 미 공자을 인도하라 하시기로 이곳에 왓나이다 ᄒ디 봉선 형졔 빅비사례ᄒ니 노승이 동ᄌ을 불어 석반을 드리거을 ᄇ다보니 인간 음

"과연 우리가 봉과 선이노라."

선동이 답하기를

"만약 그렇다면 선생의 명령을 모르고 갈 뻔하였도다."

하고 봉과 선 형제를 데리고 가 선생 전에 뵈온대 봉과 선이 바라보니 당상에 노인이 앉았으되 흑삼을 입고 구절죽장(九節竹杖)을 짚고 당상에 앉았다가 마주 나와 손을 잡고 왈

"그대가 진주 반계촌 백 공자가 아니신가? 산곡 험로에 근고(勤苦)하신 줄 알았으되 노승이 각력(脚力)이 없어 멀리 가 맞지 못하였으니 허물치 마옵소서."

봉과 선이 그제야 형산 도사인 줄 알고 공경으로 두 번 절하고 말하기를

"소자 형제가 선생을 찾아오다가 일모(日暮) 노색하여 암상(巖上)을 의지하여 밤을 지내더니 존사께서 동자를 명하여 소자 형제를 인도하시니 황공무지로소이다."

도사 왈

"소승은 이곳 사람이 아니라 위국 금봉산 화선암에 있었더니 화선암 부처님이 공자를 인도하라 하시기로 이곳에 왔나이다."

한대 봉과 선 형제가 백배사례(百拜謝禮)하니 노승이 동자를 불러 석반을 드리거늘 받아 보니 인간 음식이

식이 아일러라 석반을 물인 후에 시절도 이논ᄒ고 고금사도 이논
하니 정신이 쇠락ᄒ고 기운이 나난 듯ᄒ더라 잇튼날 육도삼약과 천
문도을 니여 주거을 ᄇ다보매 문일지식ᄒ니 도사 드욱 길겨하더
라 날노 권확강문[10]ᄒ며 천문도을 이논 왈 뎍장 쳘남은 칠성 정
기을 타낫시미 이므로 잡지 못할 ᄶ시요 쳘산도소에 졔자라 이
도소은 범상한 도소 아니라 부디 조심하여 쳘람을 디덕훈 후에
븟친을 만니리라 일일은 봉선이 잠을 집피 드럿더니 도사
급히 ᄶ워 왈 천문이 열엿시니 나와 보라 하건을 봉선이 급히 나와
보니 호왕의 장성이 광채 찰란ᄒ여 경셩에 응하엿시미 천자에 직
셩은 운무 중에 ᄊ엿거을 시절이 분분훈 줄 알고 울울한 마음
을 이기지 못하여 훈탄 왈 격수단신[11]이라 엇지ᄒ리요 하며 쳬읍
ᄒ건을 디스 벽장을 열고 옥함을 니여 쥬며 왈 노승이 소시에

아닐러라. 석반을 물린 후에 시절도 의논하고 고금사도 의논하니 정신이 쇄락하고 기운이 나는 듯하더라. 이튿날 육도삼략과 천문도를 내어 주거늘 받아 보매 문일지십(聞一知十)하니 도사가 더욱 즐겨하더라. 날로 권학강문(勸學講文)하며 천문도를 의논하여 말하기를

"적장 철남은 칠성 정기를 타고 났으매 임의로 잡지 못할 것이오. 철산도사의 제자라. 이 도사는 범상한 도사가 아니라. 부디 조심하여 철남을 대적한 후에 부친을 만나리라."

일일은 봉과 선이 잠을 깊이 들었더니 도사가 급히 깨워 왈

"천문이 열렸으니 나와 보라."

하거늘 봉과 선이 급히 나와 보니 호왕의 장성이 광채 찬란하여 경성에 응하였으매 천자의 직성(直星)은 운무 중에 싸였거늘 시절이 분분한 줄 알고 울울한 마음을 이기지 못하여 한탄하기를

"적수단신(赤手單身)이라 어찌하리오."

하며 체읍하거늘 대사가 벽장을 열고 옥함을 내어 주며 왈

"노승이 소시에

화초 만발한디 경기을 짜라 이 산 상상봉에 올라가니 두어 선관이 ㅂ독을

히롱하다가 노승을 보고 천상으로 향ᄒ며 왈 그 본석 우에 옥함이 잇시

니 간수ᄒ엿더가 임즈을 주라 ᄒ기로 보비줄 알고 간수하얏더니 가져가옵서 하거을 봉선이 옥함을 열고 보니 녹포 운겁과 청용도와 봉두선이 각각 한 벌식 잇거을 노승이 왈 녹포운갑은 보신갑이오니 창금이 아을노 드지 못하고 청용도은 칠성 정기을 탓시니 범상한 보비 아니요 봉두선은 남방 화션을 응하얏시니 아무 디로 세 번만 치면 화광이 충천하야 산천을 노기느니 만약 그 불을 ᄯᅳ자 하면 붓치 두미을 향하여 물 수 재 셕 재만 씨면 부리 ᄯᅳ지느니 이는 기묘한 보비라 하고 주거을 봉선 형졔 ᄉ배 왈 소자 등이 선생게 기묘한 술법을 무불통지하고 ᄯᅩ한 천하에 기묘한 보비을 주

니 황공무지로소이다 도사 왈 천생 만물이 각각 임자 잇기

화초 만발한데 경개를 따라 이 산 상상봉에 올라가니 두어 선관이 바둑을 즐기다가 노승을 보고 천상으로 향하며 말하기를 그 반석 위에 옥함이 있으니 간수하였다가 임자를 주라 하기로 보배인 줄 알고 간수하였더니 가져가옵소서."

하거늘 봉과 선이 옥함을 열고 보니 녹포운갑(綠袍雲甲)과 청룡도와 봉두선이 각각 한 벌씩 있거늘 노승이 왈

"녹포운갑은 보신갑이오니 창검이 안으로 들지 못하고 청룡도는 칠성 정기를 탔으니 범상한 보배가 아니오. 봉두선은 남방 화선을 응하였으니 아무 데로 세 번만 치면 화광이 충천하여 산천을 녹이나니 만약 그 불을 끄자 하면 부채 두미를 향하여 물 수(水) 자 석 자만 쓰면 불이 꺼지나니 이는 기묘한 보배라."

하고 주거늘 봉과 선 형제가 사배 왈

"소자 등이 선생의 기묘한 술법을 무불통지하고 또한 천하에 기묘한 보배를 주니 황공무지로소이다."

도사가 말하기를

"천생 만물이 각각 임자가 있기로

로 맛타 두엇더가 그 임자을 주거을 엇지 은혜라 하며 쏘한 노승은
황금 숨만 양을 가져 왓시니 그 은혀는 엇더타 하오릿가 한디 봉션
이 디 왈 소자 등은 본디 빈훈하오니 엇지 숨만 양을 선생 젼
에 들러시오리잇가 도스 왈 오십 연젼에 공자 션조쎠서 티
후 시랑시에 위국 안찰사로 오셔 만민을 익휼하시고 도라가
실 쎠예 노승 졀에 황금 삼만 양을 시주하얏시니 그 은혜은 즉다
하오릿가 도사 왈 숨연 후면 위국으로 지릴 쎠예 만닌이라 ᄒ고 쎠
나기을 잿촉ᄒ며 왈 가는 길에 셔역 산을 넘어 일쳔 팔빅 리을
가면 쳘악산이 잇고 그 산 알에 큰 못시 잇실 거시니 그 못가에 가 졍
셩이 지극ᄒ면 용말을 어딜 거시니 부디 조심ᄒ라 ᄒ고 간 디 업
거을 그졔야 금봉산 붓쳰 줄 알고 공즁을 향하야 무수이 사려
ᄒ고 직시 쓰나 쳘악산을 향한이라 각셜 이젹에 화용에 나이 십

맡아 두었다가 그 임자를 주거늘 어찌 은혜라 하며 또한 노승은 황금 삼만 냥을 가져왔으니 그 은혜는 어떻다 하오리까?'

한대 봉과 선이 대답하기를

"소자 등은 본디 빈한하오니 어떻게 삼만 냥을 선생 전에 드렸으리까?'

도사 왈

"오십 년 전에 공자 선조께서 태후 시랑 시에 위국 안찰사로 오셔 만민을 애휼하시고 돌아가실 때에 노승 절에 황금 삼만 냥을 시주하였으니 그 은혜는 적다 하오리까?'

도사 왈

"삼년 후면 위국으로 지날 때에 만나니라."

하고 떠나기를 재촉하며 왈

"가는 길에 서역 산을 넘어 일천 팔백 리를 가면 철악산이 있고 그 산 아래에 큰 못이 있을 것인데 그 못가에 가 정성이 지극하면 용마를 얻을 것이니 부디 조심하라."

하고 간데없거늘 그제야 금봉산 부처인 줄 알고 공중을 향하여 무수히 사례하고 즉시 떠나 철악산을 향하니라.

각설. 이적에 화룡의 나이 십구

구 세라 일일은 선생 전에 엿즈오되 소자 선싱 전에 머문 지 거이 수
연이라 기묘한 술볍을 비와 능이 쏭달하니라 이 산 박긔 잠간 나
가 황성 소식도 듣삽고 울젹한 회포을 폐게 하옵소서 노인이 왈
장하다 너 말이여 직금 시졀이 분분하엿시니 밥비 나가 황상을 도
으라 젹진 중에 쳘남은 쳘산 도사에 제자라 기묘한 술은 고사ᄒ고
심은 능이 만부부당지용12) 잇시니 부듸 조심하야 젹진 중에 들지 말
라 하며 갑쥬 한 벌을 주며 왈 이거스 보신갑이니 쳘궁에 웨졍13)을
마져도 궷치지 아니ᄒᄂ니 가저가라 하거을 화용이 바다놋코
밤이 맛도록 셜화하더니 이윽 집 뒤으로셔 벽역 갓튼 소리
나며 산천이 두놉난듯ᄒ거늘 화룡이 문曰 이거시 무션 쇼
리릿가 노인니 曰 연전의 어미 이른 마아지을 지으더니 힝실이
몹셔 사람을 회코져 ᄒ미 머기지 못ᄒ고 산곡에 쏘쳐더니

세라. 일일은 선생 전에 여쭈되

"소자가 선생 전에 머문 지 거의 사 년이라. 기묘한 술법을 배워 능히 통달하니 이 산 밖에 잠깐 나가 황성 소식도 듣고 울적한 회포를 펴게 하옵소서."

노인이 왈

"장하다, 네 말이여! 지금 시절이 분분하였으니 바삐 나가 황상을 도우라. 적진 중의 철남은 철산 도사의 제자라. 기묘한 술법은 고사하고 힘은 능히 만부부당지용(萬夫不當之勇)이 있으니 부디 조심하여 적진 중에 들지 말라."

하며 갑주 한 벌을 주며 왈

"이것은 보신갑이니 철궁에 왜전을 맞아도 꿰뚫지 못하나니 가져가라."

하거늘 화룡이 받아 놓고 밤이 맞도록 이야기하더니 이윽고 집 뒤로부터 벽력 같은 소리가 나며 산천이 뒤노는 듯하거늘 화룡이 묻기를

"이것이 무슨 소리입니까?"

노인이 왈

"연전(年前)에 어미 잃은 망아지를 주웠는데 행실이 못써 사람을 해코자 하매 먹이지 못하고 산곡에 쫓았더니

졔 나던 날이면 한 변식 고함ᄒ고 가더니 오날날 ᄯᅩ 졔 나던 날인 고로

요란ᄒ노라 화용이 나서 보미 그 말리 칭암절벽으로 살갓치 오더니 중게에 와 고함ᄒ고 셰거늘 화용이 곗테 가 경게 曰 너난 짐싱이라도 강산 정기 타 낫시미 엇지 임자을 모로난다 하며 갈기을 다듬으니 그 말이 고기을 수기고 굽을 처 잠잠하거을 싱이 말을 미고 노인게 고 왈 말 갑을 논하건틴 얼마나 되난이가 노인이 왈 물건이 각ᄉᆞ 임자가 잇거을 엇지 갑슬 논할이요 하며 왈 이졔는 말을 엇엇시니 ᄲᆞᆯ이 중원을 힝하라 하고 ᄯᅩ 당부 왈 가난 길에 진주 반게촌에 빅 승상 집에 가 월궁 선익와 인연을 미자 천졍을 어기지 말나 ᄒ고 왈 나는 다은 사람이 안이라 단게에 조부라 단계 비록 용열하나 군자에 견지[14]블 밧들만 한니 노신에 말을 망영되다 말나 하고 옥졔 ᄒ나 주며 왈 철이 힝긱이 되여 엇지 긱창한등[15]에

제 나던 날이면 한 번씩 고함하고 가는데 오늘이 또 제 나던 날인고로 요란하노라."

화룡이 나서 보매 그 말이 층암절벽으로 살같이 오더니 중계에 와 고함하고 서거늘 화룡이 곁에 가서 경계하기를

"너는 짐승이라도 강산 정기를 타고 났으매 어찌 임자를 모르는가?"

하며 갈기를 다듬으니 그 말이 고개를 숙이고 굽을 쳐 잠잠하거늘 생이 말을 매고 노인께 고하기를

"말 값을 논하건대 얼마나 되나이까?"

노인이 왈

"물건이 각자 임자가 있거늘 어찌 값을 논하리오."

하며 왈

"이제는 말을 얻었으니 빨리 중원으로 행하라."

하고 또 당부 왈

"가는 길에 진주 반계촌의 백 승상 집에 가 월궁 선녀와 인연을 맺어 천정을 어기지 말라."

하고 왈

"나는 다른 사람이 아니라 단계의 조부라. 단계가 비록 용렬하나 군자의 건즐을 받들 만하니 노신의 말을 망령되다 말라."

하고 옥저를 하나 주며 왈

"천리 행객이 되어 어찌 객창한등(客窓寒燈)에

기러기 소리만 들으리요 쏘한 예복을 한 벌 주며 왈 철이 힝긱이 되여

엇지 변신 안이할이요 하며 왈 이거슬 가젓다가 단계을 주라 하고 문득 간디

업거늘 화용이 공즁을 힝하야 무수이 사려하고 산문 박게 나와 말을 타고 치을 들어 히롱하니 철이 강산이 순식간에 눈 알로 지닌지라

수일 만에 진주 반계초에 드달으이 석양은 진산혼디 주졈이 업서 주제하더니 섯편으로 집이 뵈이거을 바래보니 수양가지 느러진 속으로 고디광실 은은이 보이거을 들어가 주인을 차지니 보이되 이 집은 빅 승상에 집이옵더니 승상 안니 게시니 에디 거신

힝차온지 긱실에 도옵소서 ᄒ고 도러가 부인게 고ᄒ오되 우리 딕 공즈 오신신가 ᄒ엿더니 지닌가신 손님이로소이다 ᄒ되 부인이 이 왈 우리 봉선 형제도 져럿케 다니는지 소식이 망영ᄒ니 답답ᄒ도 다 ᄒ며 자연 마암이 비감하야 은은한 고성이 안으로 외당에 들이

기러기 소리만 들으리오."

또한 예복을 한 벌 주며 왈

"천리 행객이 되어 어찌 변신 아니하리오."

하며 왈

"이것을 가지고 있다가 단계를 주라."

하고 문득 간데없거늘 화룡이 공중을 향하여 무수히 사례하고 산문 밖에 나와 말을 타고 채를 들어 희롱하니 천리 강산이 순식간에 눈 아래로 지나는지라.

수일 만에 진주 반계촌에 다다르니 석양은 재산(在山)한데 주점이 없어 주저하더니 서편으로 집이 보이거늘 바라보니 수양가지 늘어진 속으로 고대광실이 은은히 보이거늘 들어가 주인을 찾으니 보이되

"이 집은 백 승상의 집이옵더니 승상이 아니 계시니 어디 계신 행차이온지 객실에 드옵소서."

하고 돌아가 부인께 고하되

"우리 댁 공자가 오신 건가 하였더니 지나가시는 손님이로소이다."

한대 부인이 왈

"우리 봉과 선 형제도 저렇게 다니는지 소식이 망연하니 답답하도다."

하며 자연 마음이 비감하여 내는 은은한 곡성이 안에서부터 외당에 들리거늘

거을 화룡 연고을 아지 못하여 안잣더니 시비 석반을 드리건을
연고을 물은디 디 왈 우리 딕 공자 공부 가신지 오 연이라 소식 업서
에 부인쩌옵서 미일 스르하시더니 오날날 공자을 보시고 비회을
금치 못하여 슬어하나이다 화용이 들으미 도로혀 쳴양한지라 석
반을 물닌 후에 초당에 안자 싱각하되 이 집이 빅 승상 딕이라 흥
면 응당 소제 잇실연만은 뤼노 하야곰 아라보리요 흥며 안자더니
부인
이 옥난을 불어 이르되 외둥에 오신 손임이 럴이 다니시면 혹 로상이
라도 우리 공자을 보앗쩨지 아라보라 흥시며 본디 공자 온 것 갓티
하시더
라 시비 나와 부인 말삼디로 하건을 화용이 디 왈 노상에 혹 보앗신
들 뉘신지 알며 이심커디 지금 세월이 분분한디 만약 선생을 만
나시면 고(공)부을 드 흥 세상으로 나올 거신이 부디 염예 말아 한디
옥난이 들어가 활용에 말갓치 난난치 고한디 부인이 뉘 집 공잔지 알

화룡이 연고를 알지 못하여 앉았더니 시비가 석반을 드리거늘 연고를 물으니 대답하기를

"우리 댁 공자가 공부 가신 지 오 년이라. 소식이 없어 부인께옵서 매일 슬퍼하시더니 오늘 공자를 보시고 비회(悲懷)를 금치 못하여 슬퍼하나이다."

화룡이 들으매 도리어 처량한지라. 석반을 물린 후에 초당에 앉아 생각하되

'이 집이 백 승상댁이라 하면 응당 소저가 있으련마는 뉘로 하여금 알아보리오.'

하며 앉았더니 부인이 옥난을 불러 이르되

"외당에 오신 손님이 널리 다니시면 혹 노상이라도 우리 공자를 보았는지 알아보라."

하시며 본디 공자 온 것 같이 하시더라. 시비 나와 부인 말씀대로 하거늘 화룡이 대답하기를

"노상에 혹 보았던들 뉘신지 알며 의심컨대 지금 세월이 분분한데 만약 선생을 만나시면 공부를 다하고 세상으로 나올 것이니 부디 염려 말라."

하니 옥난이 들어가 화룡의 말같이 낱낱이 고한대 부인이

"뉘 집 공자인지 알지는

지는 못하되 나에 ᄌ식이나 달음업다 ᄒ고 소졔을 돌아보아 왈
네 나이 십구 세라 네와 갓튼 비필을 정치 못하고 규즁에 늘게 된
드 ᄒ고 왈 승상이 아니 게시고 공ᄌ 나간 지 ᄉ 연이라 설사 영웅
호걸이 잇드 한들 뉘가 밋퍼 되며 뉘가 육예을 갓초리요 소졔
아미을 수기고 위로 왈 못친은 불쵸여식을 싱각지 말으시고 천
금지체을 안보하옵소셔 천생 만물이 각각 짝기 잇건을 하물
며 ᄉ롬이야 엇지 비필이 업살이잇가 ᄒ며 만단 위로하더라 소졔
모이 잠가 곤하여 조유드니 선조 활임이 와 현몽하되 너을 위하
여 영웅을 달여 왓시니 인연을 미져 후기약을 일치 말라 ᄒ
며 간 디 업거을 ᄴ달으니 남가일몽이라 고히하야 일어 안자 살펴
보니 일봉 셧찰이 과연 침상에 잇건을 집퍼 가수ᄒ고 드르미 안

못하되 나의 자식이나 다름없다."

하고 소저를 돌아보며 왈

"네 나이 십구 세라. 너와 같은 배필을 정하지 못하고 규중에서 늙게 되는구나."

하고 왈

"승상이 아니 계시고 공자가 나간 지 사 년이라. 설사 영웅호걸이 있다 한들 누가 매파 되며 누가 육례를 갖추리오."

소저가 아미를 숙이고 위로 왈

"모친은 불초여식을 생각지 마시고 천금지체를 안보하옵소서. 천생 만물이 각각 짝이 있거늘 하물며 사람이야 어찌 배필이 없으리이까?"

하며 만단 위로하더라.

소저가 몸이 잠깐 곤하여 졸더니 선조 한림이 와서 현몽하되

"너를 위하여 영웅을 데려 왔으니 인연을 맺어 후기약을 잃지 말라."

하며 간 데 없거늘 깨달으니 남가일몽이라. 괴이하여 일어나 앉아 살펴보니 일봉 서찰이 과연 침상에 있거늘 깊이 간수하고 들으매 안에서

아으로 뭇친에 우름소리 은은히 들이건을 소제 들어가 엿자
오되 밤이 이모 집핫건을 뭇친은 엇지 슬러하신는닛가 부인
이 왈 앗기 일몽을 으드니 너에 조분임이 너에 붓친과 왓시되 중
게예 홧초 말발한 강못테 부자 게시니 봉황을 안고 춤을 처 보
이니 짐작건디 집안에 무슨 경사 잇실 긋 갓트나 자연 심난하여
그리하로라 소제 왈 나도 쏘한 몽사 엿차엿차 흐더이다 흐며 설화
흐더라 이젹에 화룡이 외당에 안자 잠을 일우지 못흐고 이윽흐
여 계명성이 나건을 화룡이 자탄 왈 밤이 맛도록 스러믄 흐고
영웅 온 쥴 모르는쏘다 흐며 힝긱 되여 쥬인 업는 집에 일야 유
숙도 미안커은 쏘 엇지 머무리요 흐고 후일 다시 와 소졔을 만닉
리라 흐고 부슬 들어 다시 올 쓰드로 글 두귀을 지어 벽상에 붓

모친의 울음소리 은은히 들리거늘 소저가 들어가 여쭈되

"밤이 이미 깊었거늘 모친은 어찌 슬퍼하시나이까?"

부인이 왈

"아까 한 꿈을 얻으니 너의 조부님이 너의 부친과 왔으되 중계에 화초 만발한 가운데 부자(父子)가 계시니 봉황을 안고 춤을 쳐 보이니 짐작컨대 집안에 무슨 경사가 있을 것 같으나 자연 심란하여 그리하노라."

소저가 왈

"나도 또한 몽사가 여차여차하더이다."

하며 이야기하더라.

이적에 화룡이 외당에 앉아 잠을 이루지 못하고 이슥하여 계명성이 나거늘 화룡이 자탄 왈

"밤이 맞도록 슬퍼만 하고 영웅 온 줄 모르는도다."

하며

"행객이 되어 주인 없는 집에 일야 유숙도 미안하거늘 또 어찌 머물리오."

하고

"후일(後日)에 다시 와 소저를 만나리라."

하고 붓을 들어 다시 올 뜻으로 글 두 구를 지어 벽상에 붙이고

치고 말을 챗처 십 이을 향하다가 싱각ᄒ되 주마 한 거음이 다시 오기 어럽도다 ᄒ고 한 주점에 드러가 말과 힝장을 밎기고 노상에 비회

하더라 이덕에 시비 옥난이 외당에 나와 보니 손은 간 곳 업고 벽상에 한 글을 싯여 붓쳐건을 쪠여 부인쎄 올닌더 바다보니 헛시되 녹 양임하시수가 반출오동명단게화라 쳘이힝긱 슈른 식고 하일 하시도차문고 하엿더라 이 글 쓰은 버덜가지 아러 이 뉘아 집인가 반 짐동명에 눗시에 단계 꼿칠러라 쳘이힝긱을 뉘가 능히 아리요 어 는 날 어는 쎠예 이 문에 이을고 ᄒ엿더라 소졔 보기을 다하미 니염에 미 소하고 부인게 엿자오되 일후 다시 올 ᄯ드로 하엿소이다 ᄒ더 부

말을 채쳐 십 리를 향하다가 생각하되

'주마(走馬) 한걸음에 다시 오기 어렵도다.'

하고 한 주점에 들어가 말과 행장을 맡기고 노상에 배회하더라.

이적에 시비 옥난이 외당에 나와 보니 손님은 간곳없고 벽상에
한 글을 지어 붙였거늘 떼어 부인께 올린대 받아 보니 하였으되

녹양임하시수가 반츌오동명단제화라
천리행객수능식고 하일하시도차문고

하였더라. 이 글 뜻은

버들가지 아래 이 뉘 집인가? 반쯤 동명에 오시(午時)에 단제
꽃일러라.

천리행객을 뉘가 능히 알리오. 어느 날 어느 때에 이 문에 이를
꼬?

하였더라. 소저가 보기를 다하매 내념(內念)에 미소하고 부인께
여쭈되

"일후(日後)에 다시 올 뜻으로 하였소이다."

한대 부인이

인이 머무지 못함을 익연이 역여 한탄하더라 이젹에 화룡이 노상
에 비회하더니 흔 노귀 지너거을 사는 고들 물은더 노귀 답 왈 반
계촌에 산다 하거을 한 게교을 싱각ᄒ고 왈 노귀는 너 말을 들으면

머물지 못함을 애연히 여겨 한탄하더라.

　이적에 화룡이 노상에 배회하더니 한 노구(老嫗)가 지나거늘 사는 곳을 물으니 노구가 답하기를 반계촌에 산다 하거늘 한 계교를 생각하고 왈

　"노구는 내 말을 들으면

위션 수빅 양 은자을 줄 거시요 일후에 은혜을 갑흘 거시니 엇더
한니가 노귀 왈 무삼 이린지 말삼ㅎ옵소셔 화룡이 왈 나를 노귀에
에 족하짜이라 ㅎ고 빅 승상 썩에 가 엿차엿차 하면 조흔 계교 잇사
오니

부디 누설치 무옵소셔 노귀 응락하거을 활룡이 직시 예복을 입
고 아미을 단정ㅎ고 통소을 품에 품고 노귀을 짤아가 노귀 집에
안고 노귀을 몬져 승상 딕에 보닌이라 노귀 직시 들어가 부인
젼에 엿자오되 노귀에 족하짤이 함양 짱에 사옵더니 저 엄미 죽
고 이지홀 고지 업셔 예 이모을 차저 왓시민 재덕이 무던ㅎ고 인물
도 기묘ㅎ고 통소도 기묘ㅎ게 부기로 부인게서 이사이에 승상도
아니 게시고 공자도 아이 게신디 혹 기묘한 곡조을 들을가 ㅎ
나이다 부인이 왈 나은 이사이예 적막하여 비회을 풀 디 업더니
부되

금석에 할미가 와 갓치 올라 ㅎ거을 노귀 나와 화룡을 달이고 들

우선 수백 냥 은자를 줄 것이오. 일후에 은혜를 갚을 것이니 어떠하 니까?"

노구 왈

"무슨 일인지 말씀하옵소서."

화룡이 왈

"나를 노구의 조카딸이라 하고 백 승상 댁에 가 여차여차하면 좋은 계교 있사오니 부디 누설치 마옵소서."

노구가 응낙하거늘 화룡이 즉시 예복을 입고 아미를 단장하고 통소를 품에 품고 노구를 따라 노구 집에 앉고 노구를 먼저 승상 댁에 보내니라.

노구가 즉시 들어가 부인 전에 여쭈되

"노구의 조카딸이 함양 땅에 사옵더니 제 어미 죽고 의지할 곳이 없어 여기 이모를 찾아왔으매 재덕이 무던하고 인물도 기묘하고 통소도 기묘하게 불기로 부인께서 요사이에 승상도 아니 계시고 공자도 아니 계신대 혹 기묘한 곡조를 들을까 하나이다."

부인이 왈

"나는 요사이에 적막하여 비회를 풀 데가 없더니 부디 금석(今夕)에 할미와 같이 오라."

하거늘 노구가 나와 화룡을 데리고 들어가

어가 부인게 뵈온디 부인이 활룡에 손을 잡고 문 왈 너 성명을 무어
시라ᄒ며 나은 얼미며 어데 사ᄂᆞᆫ야 화룡이 디 왈 소여의 성명은 화
룡이옵고 나은 십구 세로소이다 부인이 왈 우리 소졔와 동갑이라 ᄒ
며 머리을 씨닷음더니 이윽고 소졔 들어와 물으되 저 처즈ᄂᆞᆫ 뉘
잇짜 부인이 왈 저 할미 질예라 하ᄂᆞᆫ디 소졔 화룡에 손을 잡
고 문 왈 네 성명은 무어시며 나는 얼마나 하요 화룡이 왈 성은 한
이요 나는 십구 셰라 한디 소졔 왈 날과 동갑이라 ᄒ고 네 저러케

부인께 뵈온대 부인이 화룡의 손을 잡고 묻기를

"네 성명을 무엇이라 하며 나이는 얼마이며 어디에 사느냐?"

화룡이 대답하기를

"소녀의 성명은 화룡이옵고 나이는 십구 세로소이다."

부인이 왈

"우리 소저와 동갑이라."

하며 머리를 쓰다듬더니 이윽고 소저가 들어와 묻되

"저 처자는 누구이니까?"

부인이 왈

"저 할미 질녀라."

하는데 소저가 화룡의 손을 잡고 묻기를

"네 성명은 무엇이며 나이는 얼마나 하느뇨?"

화룡이 왈

"성은 한이요, 나이는 십구 세라."

한대 소저 왈

"나와 동갑이라."

하고

"네가 그렇게

자러쓰면 혹 글도 일건나야 디답 왈 잘은 못하여도 힝문이
나 하나이다 소제 기특히 여겨 왈 오날 밤이 가지 말고 날과
글이나 학논하고 자고 가라 하거을 부인이 왈 문필도 잇거
니와 통소을 잘 분다 하기로 져 할미 쌀아 왓노라 한디 소제 더
욱 질겨 왈 엇지 기특지 안이할이요 흐고 칭창하더라 이윽고 석

자랐으면 혹 글도 읽었느냐?"

대답하기를

"잘은 못하여도 행문(行文)이나 하나이다."

소저가 기특히 여겨 왈

"오늘 밤에 가지 말고 나와 글이나 논하고 자고 가라."

하거늘 부인이 왈

"문필도 있거니와 퉁소를 잘 분다 하기로 저 할미 따라왔노라."

한대 소저가 더욱 즐거워 왈

"어찌 기특하지 아니하리오."

하고 칭찬하더라. 이윽고

반을 들이거늘 소제 화룡 겟테 안저 서로 권하며 먹은 후에 석
반을 물이고 잇더니 야싞은 찬단하고 월싞은 만정이라 소제 화
룡에 손을 잡고 당상에 나아가 부인을 모시고 월싞을 구경터
가 소제 왈 네 통소을 잘 분다 하니 한번 곡조을 들기을 바리노라
화룡이 왈 엇지 잘 분다 할이요만은 하고 품에 옥소을 니여 소제
을 힝하여 흔 곡조을 부니 쳥밍한 소릭 반공에 소사 사롬에 마암
을 감동케 하는지라 소제 왈 옥소을 엇에서 비왓시며 션싱
은 뉘라 하는다 틱 왈 션싱은 업삽고 일직 부모을 일코 실푼 마
암 지여닉여 곡조을 지어 부나이다 소제 쏘 한 곡조을 청하되 너에
네 고락을 응하여 불나 한틱 쏘 한 곡조을 부어닉니 그 곡조에 하
여시되 무남독예 화룡이는○오 세에 부모 일코○도로에 걸식이라
○구 세에 옥소 어더○십 연을 공부로다○무정한 세월 만닉○

석반을 들이거늘 소저가 화룡 곁에 앉아 서로 권하며 먹은 후에 석반을 물리고 있더니 야색은 찬란하고 월색은 만정이라. 소저가 화룡의 손을 잡고 당상에 나아가 부인을 모시고 월색을 구경하다가 말하기를

"네가 퉁소를 잘 분다 하니 곡조를 한번 듣기를 바라노라."

화룡이 왈

"어찌 잘 분다 하리오마는."

하고 품에서 옥소를 내어 소저를 향하여 한 곡조를 부니 청명한 소리가 반공에 솟아 사람의 마음을 감동케 하는지라. 소저 왈

"옥소를 어디서 배웠으며 선생은 뉘라 하는가?"

대답하기를

"선생은 없삽고 일찍 부모를 잃고 슬픈 마음 지어내어 곡조를 지어 부나이다."

소저가 또 한 곡조를 청하되

"너의 고락을 응하여 불라."

한대 또 한 곡조를 불어 내니 그 곡조에 하였으되

무남독녀 화룡이는 오 세에 부모 잃고 도로에 걸식이라.
구 세에 옥소 얻어 십 년을 공부로다. 무정한 세월 만나

의퇵이 무루로 ᄒ야○이모 집을 차젓도다○진주라 반계촌에
○여 부인을 위로로다○팔연풍진16) 안이거든○옥소소리 무삼일
고○회음 성ᄒ신 이17)는○표묘에 기식하고○천하명장되여나
서○한퓌공을 도왓도다○경명 산천야월에○통소 일곡 부러
니여○팔천 제자 훗더시니○통일 천항ᄒ엿쏘다18)○역발산기기
서도○강동을 못 갓도다○잇써는 어는 씬고○추칠월 만강이
라○예적이라 소자첨은○적벽강에 노로소할 제○청풍은 서
리ᄒ고 슷파은 불흥이라19)○소연에 월ᄒ야20) 통소 일곡 부런도
다○적벽 로름장ᄒ기로○후세예 유젼이라○이 늬 몸이 남잘
넌들 갈츙보국하련만은○한 세상에 빌어나서 예자 모이 원통쏘
다○옛사람에 쏘을 바다○칠석 노름 오늘이라○부유21) 갓튼 우
리 인생 못 창히지일속이라22)○거망득어 못할 망졍○술 쏘차

의탁이 무의(無依)하여 이모 집을 찾았도다.

진주 반계촌에 여 부인을 위로하도다.

팔년풍진(八年風塵) 아니거든 옥소소리 무슨 일인고?

회음에서 나신 이는 표모에게 걸식하고

천하명장 되어 나서 한패공을 도왔도다.

계명 산천야월에 퉁소 일곡 불어 내어

팔천 제자 흩으시니 통일천하 하였도다

역발산기개세(力拔山氣蓋世)도 강동을 못 갔도다.

이때는 어느 때인고? 추칠월 만강이라.

옛적이라, 소자첨은 적벽강에 놀려 할 제

청풍은 서래하고 수파는 불흥이라.

이윽고 달이 뜨니 퉁소 일곡 부는도다.

적벽 놀음 장하기로 후세에 유전이라.

이 내 몸이 남자인들 갈충보국하련만은

한 세상에 빌어 나서 여자 몸이 원통하도다.

옛사람의 본을 받아 칠석 놀음 오늘이라.

부유 같은 우리 인생 창해지일속이라.

거망 득어(得魚) 못할망정 술조차

업시소야○동자을 불어니여○술 한 잔 부어주면○만단수회 풀
가 하나이다 흐엿더라○부인과 소제 비감흐여 왈 하날이 옥제 니
여 너을 주엇난가 사롬을 히롱하난쏘다 흐고 왈 너가 만일 남즈 되
엿던들 일홈이 조야에 진동할이로다 흐며 쥬효을 서로 전하
고 노다가 소제 왈 쥬인만 듯고 엇지 손만 수고하리요 흐며 거문고을
내여놋코 월빈홍안23)을 잠간 들어 운간명월을 디하여 셤셤옥
수로 칠현금을 히롱하니 청잉흔 소리 본공에 소사 올나 금편
을 들어 옥분을 깨치는 듯흐여 쇠락24)흔 정신을 진정치 못
할러라 화룡이 칭찬 왈 소제예 음률은 세싱에 드물가 흐나이
다 소제 본소 왈 너는 신세을 자탄흐고 통소을 불거니와 나
는 부친을 생각흐고 거문고을 타로라 흐며 쏘 한 곡조을 자어
니니 그 곡조에 하엿시더 요순적 아이어

없을쏘냐?

동자를 불러내어 술 한 잔 부어주면 만단수회 풀까 하나이다.

하였더라. 부인과 소저가 비감하여 왈

"하늘이 옥저 내어 너를 주었는가? 사람을 희롱하는도다."

하고 왈

"네가 만일 남자 되었으면 이름이 조야에 진동하리로다."

하며 주효를 서로 전하고 놀다가 소저 왈

"주인만 듣고 어찌 손님만 수고하리오."

하며 거문고를 내어놓고 녹빈홍안을 잠깐 들어 운간명월(雲間明月)을 대하여 섬섬옥수로 칠현금을 희롱하니 청랭한 소리가 반공에 솟아올라 금편을 들어 옥반을 깨치는 듯하여 쇄락(灑落)한 정신을 진정치 못할러라. 화룡이 칭찬 왈

"소저의 음률은 세상에 드물까 하나이다."

소저가 반소 왈

"너는 신세를 자탄하고 통소를 불거니와 나는 부친을 생각하고 거문고를 타노라."

하며 또 한 곡조를 자아내니 그 곡조에 하였으되

요순 적 아니거든

던 오현검은 무삼 일고○남풍지훈혜ᄒ니[25]○희오민지은혜[26]로다
○남훈전 기린각에○만빅성을 위힛쏘다○이 세상에 벌인 인싱
○부모 보양하여 보세○북당에 여부인은 엊그제 절맛더니○하날이
시기ᄒ사○빅발이 잠간일세○월중월중 단게수야○빅약 진는 저
토끼야○우리 부못임 병 들거든○인삼 록용 아니 씨고○그 약 한
첩 봉찬[27]하야 천세을 루이게 나도 한 첩 주라무나○보고지고 보고지고
보고지고○우리 부친 보고지고 말이○호지무화초[28]한데○보미모
가 섯도다○송죽갓튼 구든 충성○져 뉘라서 굽힐손야○
충절도 올컨만은○처자 싱각 오직할가○사가보월청소립[29]
훈들○어은 동싱 마조 갈가○빅운간에 수양시은○지리지리
마조 갈 제○보선볼은 뉘가 짓고 능나 쥬이 뉘가 할고○블미 간 초
회왕은○싱환고국 못칫거던○동싱 간 지 오 연이라○부친

오현금은 무슨 일인고?

남풍지훈혜(南風之薰兮)하니 해오민지온혜(解吾民之慍兮)로다.

남훈전 기린각에 만백성을 위했도다.

이 세상에 버린 인생 부모 봉양하여 보세.

북당에 여 부인은 엊그제 젊었더니

하늘이 시기하사 백발이 잠깐일세.

월중 월중 단계수야, 백약 짓는 저 토끼야!

우리 부모님 병들거든 인삼 녹용 아니 쓰고

그 약 한 첩 봉친(奉親)하여 천세를 누리게 나도 한 첩 주려무나.

보고지고. 보고지고. 보고지고. 우리 부친 보고지고.

만리호지무화초(胡地無花草)한데 봄이 못가 섰도다.

송죽 같은 굳은 충성 저 뉘라서 굽힐쏘냐?

충절도 옳건마는 처자 생각 오죽할까?

사가보월청소림(思家步月 淸宵立)한들 어느 동생 마주 갈까?

백운 간에 수양 새는 지리지리 마주 갈 제

버선볼은 뉘가 짓고 능라주의(綾羅紬衣) 누가 할고?

볼모로 간 초회왕은 생환고국 못했거든 동생 간 지 오 년이라.

부친

처소 아니 가면 왜 이리 더디는가○이 너 나이 십구 세라○예즈
몽이 원통토다○남에 즈식 되여나서○좌이부동 된단 말가○
옥난이 게 잇거던○술 한 즌 가득 부어○여 부인게 올이여라
만단수화 풀게 하세 ᄒᆞ엿더라 소제 거문고을 긋치고 부친
을 싱각ᄒᆞ여 옥빈에 눈물을 흘여 옷씨슬 적시거을 화
룡이 비감하여 왈 소여 옥소 아니면 소제 금문고을 엇지 비
감커타리요 ᄒᆞ며 셔로 위로ᄒᆞ여 술이 삼비 후에 취흥을
이기지 못ᄒᆞ여 소제 화룡에 손을 잇글고 제 방에 들어가 술
을 너여 옥빈예 가득 부어 수삼 비 먹은 후에 화룡이 취흥
을 이기지 못하여 옥소을 너여 나직이 한 곡조을 부니 그
조에 하엿시되 셕상을 씨트리고○옥소을 어덧쏘다
○옥경에 소사올나○천문을 비왓도다○월궁을 바

처소 아니 가면 왜 이리 더딘가?

이 내 나이 십구 세라. 여자 몸이 원통하도다.

남의 자식 되어나서 좌이부동 된단 말인가

옥난이 거기 있거든 술 한 잔 가득 부어 여 부인께 올리어라.

만단수회(萬端愁懷) 풀게 하세.

하였더라. 소저가 거문고를 그치고 부친을 생각하여 옥빈에 눈물을 흘려 옷깃을 적시거늘 화룡이 비감하여 왈

"소녀 옥소가 아니면 소저의 거문고를 어찌 비감하다 하리오."

하며 서로 위로하여 술이 삼배 후에 취흥을 이기지 못하여 소저가 화룡의 손을 이끌고 제 방에 들어가 술을 내어 옥배에 가득 부어 수삼 배 먹은 후에 화룡이 취흥을 이기지 못하여 옥소를 내어 나직이 한 곡조를 부니 그 조에 하였으되

석상을 깨뜨리고 옥소를 얻었도다.

옥경에 솟아올라 천문을 배웠도다.

월궁을

리보니○게단화 피엿도다○옥독기을 둘어미고○단게가지을 잡압
신들○할임 딕이 아이시면○쳘리마상 뉘 아리요○병풍 아니
져 소제는○날과 빅연 연분일세 ㅎ엿더라 소제 듯기을 다한 후
에 경혼 락빅ㅎ여 졍신을 진졍치 못하는 중에 잠간 싱각한즉
종야토록 남즈을 다리고 담화하얏시니 엇지 물엣치 아니하리요 옷
기슬 나소 사미고 나안지며 ㅅ지져 왈 그딕는 남즈로서 예즈 몸
이 되여 규즁처자을 달이고 담화하엿시니 그 죄가 적지 아이ㅎ
고 ㅅ딕부 집에 이러ㅎ 변고 어데 잇시리요 목슘 앗기거던 쌜이
나가라 한되 화룡 염용 딕 왈 니가 과연 예가 아이라 일젼 외당에
왓던 공즈로서 황산에 덜어가 십 연을 공부ㅎ고 나오는 길에 션
싱써선 진주 반게촌에 가셔 월궁 션이와 인연을 미지라 ㅎ시
기로 왓나이다 ㅎ딕 소즈 몽사을 싱각ㅎ고 양구의 왈 일

바라보니 제단화 피었도다.

옥도끼를 둘러메고 단계가지를 잡은들

한림 댁이 아니시면 천리마상 뉘 알리오.

병풍 안의 저 소저는 나와 백년 연분일세.

하였더라. 소저가 듣기를 다한 후에 경혼(驚魂) 낙백(落魄)하여 정신을 진정치 못하는 중에 잠깐 생각한즉

'종야(終夜)토록 남자를 데리고 담화하였으니 어찌 무례치 아니하리오.'

옷깃을 싸매고 나아가 앉으며 꾸짖어 왈

"그대는 남자로서 여자 몸이 되어 규중처자를 데리고 담화하였으니 그 죄가 적지 아니하고 사대부 집에 이러한 변고가 어디 있으리오. 목숨을 아끼거든 빨리 나가라."

한대 화룡이 몸가짐을 단정히 하고 대답하기를

"내가 과연 여자가 아니라. 일전에 외당에 왔던 공자로서 황산에 들어가 십 년을 공부하고 나오는 길에 선생께서 진주 반계촌에 가서 월궁 선아와 인연을 맺으라 하시기로 왔나이다."

한대 소저가 몽사(夢事)를 생각하고 양구(良久)에 왈

이 글어ᄒ나 변형ᄒ고 더신 가에 들어와 취믹[30]ᄒ니 엇지 그 죄가
즉다 하리요 화룡이 물러 안저 만단기유 왈 소졔는 로길을 잠간
노으시고 나에 말을 들으옵소서 이다 니 임으로 온 거시 아니라
선셩에 훈계옵고 선셩은 곳 소졔에 조부 실영이라 옥제와 예
복도 선셩이 주오미니 소졔는 빙셜 갓튼 마암을 잠간 노으옵소
서 소제 들으미 신기ᄒ여 더 왈 글어하면 물어가 미즈을 보니여 육
예을 갓초미 올커을 수부 후예로서 엇지 부모 명영 업시 인연
을 미지릿가 속히 나가라 ᄒ더 화룡이 왈 철이 힝긱이 엇
지 미즈을 보니오며 육예는 본더 호사론 스롬에 할 비라
나도 본더 티후에 후손이요 승상에 즈식으로서 엇지
육예을 모로이요마는 유장도 젼연 승인에 훈견 줄 알
고 범죄 ᄒ엿시니 소제은 허물치 마옵소서 ᄒ고 다시

"일이 그러하나 변장하고 대신(大臣) 집에 들어와 취맥(取脈)하니 어찌 그 죄가 적다 하리오."

화룡이 물러앉아 만단개유(萬端改諭) 왈

"소저는 노기(怒氣)를 잠깐 놓으시고 나의 말을 들어 보옵소서. 이 모두 내 임의로 온 것이 아니라 선생의 훈계이고, 선생은 곧 소저의 조부 신령이라. 옥저와 예복도 선생이 준 것이니 소저는 빙설 같은 마음을 잠깐 놓으옵소서."

소저가 들으매 신기하여 대답하기를

"그러하면 물러가 매자를 보내어 육례를 갖춤이 옳거늘 사부의 후예로서 어찌 부모 명령 없이 인연을 맺으리까? 속히 나가라."

한대 화룡이 왈

"천리(千里) 행객(行客)이 어찌 매자를 보내오며 육례는 본디 호사스러운 사람이 할 바라. 나도 본디 태후의 후손이요, 승상의 자식으로서 어찌 육례를 모르리오마는 유장도 전연 성인의 훈겐 줄 알고 범죄 하였으니 소저는 허물치 마옵소서."

하고 다시

인걸ᄒ여 왈 소졔온 후기[31]을 둘사이다 ᄒ고 나소가 안지니 소졔
왈 그ᄃ 사셰는 글어ᄒ거니와 어지 육례 젠에 후기을 두리요 화
룡이 ᄃ 왈 소졔 말삼이야 올삽거니와 주마 한 거음에 다시 오기
어려

오니 엇지 그져 가오리까 ᄒᄃ 소졔 모예에 몽사을 싱각ᄒ고
옥소을 나소와 잉무잔에 술 ᄒ 잔 부어 합반주 환비 후에 종
야토록 세사을 담화ᄒ더니 이윽고 원촌에 달기 울고 동방이 즁
차 발는지라 ᄯᅩ 술을 부어 이별주 삼비 후에 소졔 왈 낭
군이 한번 가면 ᄃ희예 부평초라 ᄯᅩ 신표을 가져가옵소셔
ᄒ고 금봉치 반을 ᄭᅥᆨ거 금낭에 너어주며 왈 일후에 일로 신을
삼으소셔 화룡이 ᄯᅩᄒ 붓치늘 너여 글 두 귀을 지어주고 ᄯᅩ
예복을 주며 왈 이 예복을 빅 할임이 소졔쎄 젼ᄒ라 ᄒ기로 가
져온 거시요 ᄯᅩ 할님 좌하에 심 연 공부ᄒ고 갑쥬 주던 말슴

애걸하여 왈

"소저는 후기(後期)를 두사이다."

하고 나아가 앉으니 소저 왈

"그대 사세는 그러하거니와 어찌 육례 전에 후기를 두리오."

화룡이 대답하기를

"소저 말씀이야 옳거니와 주마(走馬) 한걸음에 다시 오기 어려우니 어찌 그저 가오리까?"

한대 소저가 먼저의 몽사를 생각하고 옥소를 바치고 앵무잔에 술한 잔 부어 합환주 환배 후에 종야(終夜)토록 세사를 담화하더니 이윽고 원촌에 닭이 울고 동방이 장차 밝는지라. 또 술을 부어 이별주 삼배 후에 소저 왈

"낭군이 한번 가면 대해(大海)에 부평초(浮萍草)라. 신표를 가져 가옵소서."

하고 금봉채 반을 꺾어 금낭에 넣어 주며 왈

"일후에 이것으로 신표를 삼으소서."

화룡이 또한 부채를 내어 글 두 구를 지어 주고 또 예복을 주며 말하기를

"이 예복을 백 한림이 소저께 전하라 하여 가져온 것이오."

하고 또 한림 좌하에 십 년 공부하고 갑주 주던 말씀이며

이며 서번을 물이치란 말숨을 디강 설화ᄒ고 쩌날 쩌예 소
졔 함누 왈 전장은 수지라 부디 조심ᄒ여 성공 후에 속히 도
라옵소서 화룡이 소졔에 손을 줍고 왈 변난에 소졔은 경동
치 말고 천금귀체을 안보ᄒ옵소서 ᄒ고 직시 장원32)을 넘어 간이
라 이윽고 날이 발금에 소졔 부인계 뵈온디 부인이 왈 그 처자은 아
이 오난야 소졔 왈 그 처자가 미명에 쌋더이다 ᄒ니 부인이 왈 니
그 소
졔을 머무지 못하여 몬니 유연이 여기더라○각셜 이젹에 정화
빅이라 ᄒ는 사람이 잇시되 벼살이 일국에 제일이요 아달이 숨
형졔라 중연에 승체ᄒ고 널이 문혼하더니 빅 승상 딕에 소졔
잇단 말을 듯고 승상은 젹국에 가 오지 안니ᄒ고 미퓌을 보니
여 직시 반게촌에 가 부인게 뵈옵고 왈 노파은 황성에 사옵더니
정 승상이 중연 상체ᄒ고 문혼ᄒ옵더니 듯시오니 딕에 소

서번을 물리치란 말씀을 대강 설화하고 떠날 때에 소저 함루 왈

"전장(戰場)은 사지(死地)라. 부디 조심하여 성공 후에 속히 돌아오소서."

화룡이 소저의 손을 잡고 왈

"변란에 소저는 경동치 말고 천금귀체를 안보하옵소서."

하고 즉시 장원(牆垣)을 넘어가니라. 이윽고 날이 밝으매 소저가 부인께 뵈온대 부인이 왈

"그 처자는 아니 오느냐?"

소저 왈

"그 처자가 미명에 깼더이다."

하니 부인이 그 소저가 머물지 못함을 못내 서운하게 여기더라.

각설. 이적에 정화백이라 하는 사람이 있으되 벼슬이 일국에 제일이요, 아들 삼 형제라. 중년에 상처하고 널리 구혼하더라. 백 승상 댁에 소저 있다는 말을 듣고 승상이 적국에 가 오지 않음을 알아 매파를 반계촌에 즉시 보내니 부인께 뵈옵고 왈

"노파는 황성에 사옵는데 정 승상이 중년에 상처하고 구혼하는 중에 듣사오니 댁에 소저

제 잇사 무던톤 말을 듯고 문혼코저 왓나이다 ㅎ고 소졔 보기을
청하거을 부인이 왈 그릇 드랏쏘다 소졔는 잇시되 악색이
요 복덕ㅎ노라 ㅎ고 부인이 소졔 방에 드러가 황성사 밋퓌와
여ᄎᆞ여ᄎᆞ 하다한디 소졔 왈 부친 안이 게시기로 그 노미 업수이
여기는쏘다 ㅎ고 칭병ㅎ고 나지 아이하거을 미퓌 왈 질이 가갑
지 아니ㅎ고 머옵는디 엇지 다시 오리까 ㅎ고 시비 짤나 별당에
드러가니 소졔 옥난다라 문 왈 저 노파은 뉘라 ㅎ난다 옥난이
디 왈 황성 사는 노퓌로소이다 흔디 소졔 디책 왈 아모 사롬이
라 통기 업시 드러왓는다 ㅎ고 밧비 달려고 가라ㅎ거을 미퓌
무유ㅎ여 나와 부인게 이 사연을 고한디 부인이 왈 나이 미거ㅎ여 그
러ㅎ니 과렴치 모옵소서 ㅎ고 쥬과을 너여 디졉하여 보니더라 미
퓌 황성에 올나가 승상쎄 이 사연을 낫낫치 고한디 승상이 왈

있어 무던하다는 말을 듣고 구혼코자 왔나이다."

하고 소저 보기를 청하거늘 부인이 왈

"그릇 들었도다. 소저는 있으되 악색이요, 박덕하노라."

하고 부인이 소저 방에 들어가 황성에서 온 매파와 여차여차하다 한대 소저 왈

"부친 아니 계시기로 그놈이 업신여기는도다."

하고 칭병하고 나가지 아니하거늘 매파 왈

"길이 가깝지 아니하고 먼데 어찌 다시 오리까?"

하고 시비 따라 별당에 들어가니 소저가 옥난에게 묻기를

"저 노파는 누구라 하는가?"

옥난이 대답하기를

"황성 사는 노파로소이다."

한대 소저가 대책(大責) 왈

"아무 사람이나 통지 없이 들어왔는가?"

하고 바삐 달래고 가라 하거늘 매파가 무류하여 나와 부인께 이 사연을 고한대 부인이 왈

"나이 미거하여 그러하니 괘념치 마옵소서."

하고 주과를 내어 대접하여 보내더라. 매파가 황성에 올라가 승상께 이 사연을 낱낱이 고한대 승상이 왈

타처에는 허혼치 아니ᄒ엿더야 답 왈 아즉 허혼치는 안니ᄒ엿더이다 승상이 왈 그러면 염여 업로라 ᄒ고 직시 납폐 일ᄌ와 권귀[33] 일ᄌ을 정하여 기별ᄒ고 납폐 일에 스롬 수십 명을 보ᄂ려 그 집에 가 동정

을 보다가 응람하거던 납폐ᄒ고 불쳥ᄒ거던 교ᄌ에 실고 오라 ᄒ건을 여러 놈더리 이럿쎄 여기고 잇더라 이적에 소졔 부인쎄 엿자오디 승상이 아니 게시고 봉선 형제 소식이 업시민 남에게 업수이여기을 바드니 엇지 살이요 ᄒ며 노기등등ᄒ더라 이러구렁 여러 날이 되민 일일은 시비 뵈이되 황셩서 무션 편지 왓나이다 올이건을 바다보

"타처에는 허혼치 아니하였더냐?"

답하기를

"아직 허혼치는 아니하였더이다."

승상이 왈

"그러면 염려 없노라."

하고

"즉시 납폐 일자와 권귀 일자를 정하여 기별하고, 납폐 일에 사람 수십 명을 보내어 그 집에 가 동정을 보다가 응낙하거든 납폐하고, 불청(不聽)하거든 교자에 싣고 오라."

하거늘 여러 놈들이 이렇게 여기고 있더라.

이적에 소저가 부인께 여쭈되

"승상이 아니 계시고 봉과 선 형제 소식이 없으매 남에게 업신여 김을 받으니 어찌 살리오."

하며 노기등등하더라. 이러구러 여러 날이 되매 일일은 시비가 보이되

"황성에서 무슨 편지 왔나이다."

올리거늘 받아 보니

니 청화빅에 혼간이라 아모 날은 납폐옵고 아모 날은 권귀라 ㅎ
엿거을 소제 불로하야 시비을 불어 부인게 아뢰라 ㅎ고 편
지을 도로 보닌이라 시비 나와 부인게 젼알한디 부인이 쏘흔 그 말
디로 낫낫치 젼ㅎ니 미펴 황셩에 올아가 이 마를 승상게 고한되

정화백의 혼간(婚簡)이라.

　　아무 날은 납폐이옵고, 아무 날은 친귀라.

하였거늘 소저가 분노하여 시비를 불러
"부인께 아뢰라."
하고 편지를 도로 보내니라. 시비가 나와 부인께 전한대 부인이
또한 그 말대로 낱낱이 전하니 매파가 황성에 올라가 이 말을 승상
께 고한대

승상 불노ᄒ며 납폐 일을 기다려 족척을 만니 모어 보닌

이라 이젹에 소제 부인을 뫼시고 슙헤 안잔 시 몸 갓치 무삼 일

이 잇실가 염여ᄒ여 날로 동싱 오기을 기다리더니 일일은 초경은

ᄒ여 밧그로 여러 ᄉ롬에 들니는 소린 나건을 소제 부인 뫼시고

겁ᄒ여 시비을 나가 보라 한디 옥난이 드러와 보ᄒ되 황셩서 납폐 왓

다 ᄒ고 ᄉ롬 수십 명이 장원을 외와 싸 수직혼다 하거을 소제

듯고 티경ᄒ여 아모리 ᄒᆯ 쥴 모으고 자걸코져 하더니 황셩

서 온 시비 들어와 보이거을 소제 왈 너는 무삼 일로 왓는다 시비

엿자오디 소비는 졍 승상 딕 시비옵더니 오날 납폐 일이옵기로

왓나이다 소제 티책 왈 혼인은 인간티사[34]라 너의 딕 승상은

엇지 권도만 밋고 혼인을 임으로 ᄒ난다 ᄒ며 노기등등하니

시비 도로 나가건을 옥난이 소제 졋테 안잣더가 엿자오디 지

승상이 분노하며 납폐 일을 기다려 족척을 많이 모아 보내니라.

이적에 소저가 부인을 모시고 숲에 앉은 새같이 무슨 일이 있을까 염려하여 날로 동생 오기를 기다리더니 일일은 초경이 되어 밖으로 여러 사람의 들고 나는 소리가 나거늘 소저가 부인을 모시고 두려워하여 시비를 나가 보라 한대 옥난이 들어와 고하기를 황성에서 납폐 왔다 하고 사람 수십 명이 장원을 에워싸 수직(守直)한다 하거늘 소저가 듣고 대경하여 아무리 할 줄 모르고 자결코자 하더니 황성에서 온 시비가 들어와 보이거늘 소저 왈

"너는 무슨 일로 왔느냐?"

시비가 여쭈되

"소비는 정 승상 댁 시비옵더니 오늘 납폐 일이옵기로 왔나이다."

소저가 대책(大責) 왈

"혼인은 인륜대사라. 너의 댁 승상은 어찌 권도(權道)만 믿고 혼인을 임의로 하느냐?"

하며 노기등등(怒氣騰騰)하니 시비가 도로 나가거늘 옥난이 소저 곁에 앉았다가 여쭈되

금 사세 위급ㅎ니 소제는 소예 옷슬 입고 피ㅎ면 소에는 소졔
몸이 되여 안잣더가 저의 ㅎ는 ﾃ로 ㅎ오미 조흘가 하느이다 소
제 올히 역여 직시 오슬 밧고와 입고 싱각ㅎ에 스세난체ㅎ거을 맛
춤 조붕서을 싱각ㅎ고 쩨여보니 ㅎ엿시되 모월모일에 정화
빅에 환을 만닐 거시니 중원을 너어 동으로 십 이만 가면 즈연 구
할 스룸이 잇실이라 하얏더라 소제 직시 옥난을 도라보고 눈물
을 먹음고 동편 담을 넘어서니 침침한 삼경에 어ﾃ로 가리요 동
서만 짐죽ㅎ고 가더라 이적에 옥난이 소제 몬양으로 안잣더니
황성 시비 드르와 옥난 겻테 안자 엿즈오ﾃ 소예 등이 소제 모시라
왓나이다 옥난이 ﾃ칙 왈 너에 등은 당돌이 드러와 어데로 가즈ㅎ
는 아모리 승상이 안 게기로 이런 물예한 법도 어데 잇시리요
너이 ﾃ 승상은 권도만 밋고 스ﾃ부가에 와 위역으로 탈

"지금 사세 위급하니 소저가 소녀 옷을 입고 피하면 소녀는 소저의 몸이 되어 앉았다가 저의 하는 대로 함이 좋을까 하나이다."

소저가 옳게 여겨 즉시 옷을 바꾸어 입고 생각하매 사세난처하거늘 마침 봉서를 생각하고 떼어 보니 하였으되

　　모월모일에 정화백의 환을 만날 것이니 장원을 넘어 동으로 십
　리만 가면 자연 구할 사람이 있으리라.

하였더라. 소저가 즉시 옥난을 돌아보고 눈물을 머금고 동편 담을 넘어서니 침침한 삼경에 어디로 가리오. 동서만 짐작하고 가더라.

이적에 옥난이 소저 모양으로 앉았더니 황성에서 온 시비가 들어와 옥난 곁에 앉아 여쭈되

"소녀들이 소저를 모시러 왔나이다."

옥난이 대책 왈

"너희들은 당돌히 들어와 어디로 가자 하는가? 아무리 승상이 안 계시기로 이런 무례한 법도가 어디 있으리오. 너의 댁 승상은 권도만 믿고 사대부가에 와 위력으로

취코져 하니 이러한 법은 만고에 업실가 하로라 ᄒ며 ᄌ결코져
하더니 이윽고 박그로 교ᄌ을 들려놋코 밧비 뫼시라 ᄒ더 시
비 등이 달여들어 쩌들며 남ᄌ 등은 혹 뒤을 밀며 교ᄌ에 안치
고 나가거을 여러 날 만에 황성 승상 딕에 득달하니 그날이
맛참 권귀일이라 옥난이 들어가 보니 외당에 외킥이 만
좌하고 닉당에 친척이 모여들어 옥난이 교자에 나오니 모든
사람이 빅 소제 잘낫단 말을 듯고 닷토와 보고저 하더라 옥
난이 좌중에 뵈옵고 엿자오되 소예는 빅 소제 안이라 그딕 시
비 옥난이옵더니 우리딕 소제는 환을 피코저 하야 옷을
밧구워 입고 안자더가 교자을 타고 왓사오니 소여 죄상은 논
지컨디 승상 좌하의 죽여주옵소서 ᄒ고 당ᄒ에 나려가 복
지하거을 반게촌에 왓단 미뛰 겻터 잇다가 본즉 과연 빅 소

탈취코자 하니 이러한 법은 만고에 없을까 하노라."

하며 자결코자 하더니 이윽고 밖으로 교자를 들려 놓고

"바삐 모시라."

한대 시비 등이 달려들어 떠들며 남자 등은 혹 뒤를 밀며 교자에 앉히고 나가거늘 여러 날 만에 황성 승상 댁에 득달하니 그날이 마침 권귀일이라. 옥난이 들어가 보니 외당에 외객이 만좌하고 내당에 친척이 모여들어 옥난이 교자에 나오니 모든 사람이 백 소저 잘났다는 말을 듣고 다투어 보고자 하더라.

옥난이 좌중에 뵈옵고 여쭈되

"소녀는 백 소저가 아니라 그 댁 시비 옥난이옵더니 우리 댁 소저는 환을 피하고자 하여 옷을 바꾸어 입고 앉았다가 교자를 타고 왔사오니 소녀 죄상은 논지컨대 승상 좌하에 죽여 주옵소서."

하고 당하에 내려가 복지하거늘 반계촌에 왔던 매파가 곁에 있다가 본즉 과연 백 소저는

제는 안이요 시비 옥난이라 족척이 모얏다가 무류하물 마
지못하고 승상은 무류한 중에 분노 왈 저러한 년을 엇지
살이랴 하고 무사을 명하여 부히라 한더 무사 청영하고 옥난
을 잡아 압세우고 나가니 옥난이 앙천 탄 왈 청천은 살
피소서 옥난은 소제 위하다가 청춘고혼이 되오니 황천
길이나 발키옵소서 하며 톡고하니 보난 사람 뉘 안이 슬
어하리요 잇쩌에 화빅에 동성 화삼이 겻티 잇다가 형에 위
령을 말유치 못하여 무사달려 일너 왈 남에 충비을 엇지 죽
이리요 옥난을 노와 보너고 거짓 죽엿다고 할라 하니 무사 올
이 여겨 노와 보닌니라 화빅이 소제 못 다려 옴을 분이 여겨
성군을 풀어 빅 승상 집을 외와싸고 들어간즉 벌서 다
비여난지라 도라가 승상게 고한더 정 승상이 듯고 못닉 한

아니요, 시비 옥난이라. 족척이 모였다가 무안함을 마지못하고 승상은 무안한 중에 분노 왈

"저러한 년을 어찌 살리랴."

하고 무사에게 명하여 베라고 한대 무사가 청령하고 옥난을 잡아 앞세우고 나가니 옥난이 앙천(仰天) 탄 왈

"청천은 살피소서. 옥난은 소저 위하다가 청춘고혼이 되오니 황천길이나 밝히옵소서."

하며 통곡하니 보는 사람 뉘 아니 슬퍼하리오.

이때에 화백의 동생 화삼이 곁에 있다가 형의 위령(威令)을 만류하지 못하여 무사에게 일러 왈

"남의 충비를 어찌 죽이리오. 옥난을 놓아 보내고 거짓으로 죽였다고 하라."

하니 무사가 옳게 여겨 놓아 보내니라. 화백이 소저 못 데려옴을 분히 여겨 성군을 풀어 백 승상 집을 에워싸고 들어간즉 벌써 다 비었는지라. 돌아가 승상께 고한대 정 승상이 듣고 못내

탄하더라○각셜 이젹에 여 부인이 쇼졔 엇에로 간 줄 모로
난 중에 옥난이 교자에 안져 가는 양을 보고 일후에 응당 근츠
에 환을 당할 줄 알고 너달나 정쳐 업시 가더니 한 물가에 다
다르니 이연한 우름소리 들이거늘 쇼졔 어에 안자 우난가 ᄒ
야 그곳만 힝하야 가니 과연 쇼졔 안자 울거늘 부인이 쇼졔에 손
을 잡고 울며 왈 이 집푼 밤에 어딘 줄 알고 왓난다 쇼졔 왈 나
도 모로나이다 하고 모예 서로 손을 잡고 낙누하며 왈 날이 발
그면 필경 디환을 만닐 거시니 엇지 할이요 하며 물가로 나려
가니 빈 빈만 미여거늘 모예 빈에 올나 아모리 제비을 저은
들 엇지 그 빈가 어디로 가리요 이윽고 서편을 바러보니 쳥
이도직 일엽표주을 타고 옥져을 불며 지니거늘 부인이 웨
여 왈 저게 가난 빈는 질 막힌 사람을 인도하옵소서 선동

한탄하더라.

각설. 이적에 여 부인이 소저가 어디로 간 줄 모르는 중에 옥난이 교자에 앉아 가는 것을 보고 일후에 응당 근자에 환을 당할 줄 알고 내달아 정처 없이 가더니 한 물가에 다다르니 애연한 울음소리가 들리거늘 소저가 어디 앉아 우는가 하여 그곳만 행하여 가니 과연 소저 앉아 울거늘 부인이 소저의 손을 잡고 울며 왈

"이 깊은 밤에 어딘 줄 알고 왔는가?"

소저 왈

"나도 모르나이다."

하고 모녀가 서로 손을 잡고 낙루하며 왈

"날이 밝으면 필경 대환을 만날 것이니 어찌 하리오."

하며 물가로 내려가니 빈 배만 매였거늘 모녀가 배에 올라 아무리 그 배를 저은들 어찌 그 배가 어디인들 가리오. 이윽고 서편을 바라보니 청의동자가 일엽표주를 타고 옥저를 불며 지나거늘 부인이 외쳐 왈

"저기 가는 배는 길 막힌 사람을 인도하옵소서."

선동이

이 답 왈 나난 선싱에 명을 밧자와 반계촌 여 부인 모예 정 화빅
에 환을 만니 사세 위급하니 쌜이 가 구하라 하시기로 가거을
엇던 사람이관딘 급한 비을 머물나 한다 하니 부인이 왈 우
리가 과연 본게촌에 사난이다 ᄒ며 부으거을 선동이 비 머리을
돌여 올으기을 청하거을 소제 손을 이글고 비에 올나 문 왈
선동은 엇에 게시오지 급한 사람을 구하시이 은혜는 빅
골난망이로소이다 동자 터 왈 나난 동히 룡자옵더니 금봉
산 세존이 와서 일으되 한수 물가에 월궁 게와 쩌러저 적시물
구하라 하시기로 왓삿오니 엇지 나에 은혜라 하오리가 하
오리가 하고 선두에 안자 저만 불고 빈난 젓지 아이하되 쌘으기
가 살 갓흔지라 순식간에 언덕에 디이고 너이기을 청하거을
부인이 비에 나려 빅빅사려하며 왈 여기서 황성 이수가 얼마나

답하기를

"나는 선생의 명을 받들어 반계촌 여 부인 모녀가 정화백의 환을 만나 사세 위급하니 빨리 가 구하라 하시기로 가거늘 어떤 사람이관데 급한 배를 머무르라 하는가?"

하니 부인이 왈

"우리가 과연 반계촌에 사나이다."

하며 부르거늘 선동이 배 머리를 돌려 오르기를 청하거늘 소저가 손을 이끌고 배에 올라 묻기를

"선동은 어디 계신 분이기에 급한 사람을 구하시니 은혜가 백골난망이로소이다."

동자 대답하기를

"나는 동해 용자이옵더니 금봉산 세존이 와서 이르되 한수 물가에 월궁 계화가 떨어졌기에 구하라 하시기로 왔사오니 어찌 나의 은혜라 하오리까?"

하고 선두에 앉아 저만 불고 배는 젓지 아니하되 빠르기가 살 같은지라. 순식간에 언덕에 닿고 내리기를 청하거늘 부인이 배에 내려 백배사례하며 왈

"여기서 황성이 이수(里數)로 얼마나

되며 여기는 어딘님가 선동이 왈 여기 황셩셔이 일쳔 팔빅 이옵고 잇

짱은 위국지경이라 ᄒ며 ᄒ직을 고ᄒ고 가건늘 부인이 소졔을 붓들고

탄 왈

너 몸이 남아 아니요 예ᄌ을 압셰우고 어디로 가리요 ᄒ며 슬너ᄒ거

을 소

졔 위로 왈 광디ᄒᆫ 쳔지간에 어디로 못가리요 ᄒ며 못친은 너무 슬어

마옵

소셔 인가을 ᄎ자갈ᄉ이다 부인이 올이 여겨 소졔을 압셰우고 수십

이을

힝ᄒᄆᆡ 발도 압푸고 기운도 피곤하여 촌보을 힝치 못하고 로변에

안ᄌ던이 날이 져물건을 발너보이 송죽은 울밀ᄒᆫ 속에 큰 집이 은

은이 보이건을 그 집을 ᄎ자 들어가니 이 집은 이운경에 집이라 운경

은 본

디 ᄒᆼ이 ᄌ생ᄒᄂᆞᆫ 스롬이라 호가로 지닌지라 운경에 쳐 ᄒᆫ ᄯᆞᆯ을

되며 여기는 어디니까?"

선동이 왈

"여기서 황성이 일천팔백 리옵고 이 땅은 위국지경이라."

하며 하직을 고하고 가거늘 부인이 소저를 붙들고 탄식하기를

"네 몸이 남자 아니요, 여자를 앞세우고 어디로 가리오."

하며 슬퍼하거늘 소저가 위로 왈

"광대한 천지간에 어디로 못 가리오."

하며

"모친은 너무 슬퍼 마옵소서. 인가를 찾아가사이다."

부인이 옳게 여겨 소저를 앞세우고 수십 리를 행하매 발도 아프고 기운도 피곤하여 촌보(寸步)를 행치 못하고 노변에 앉았다가 날이 저물거늘 바라보니 송죽이 울밀한 속에 큰 집이 은은히 보이거늘 그 집을 찾아 들어가니 이 집은 이운경의 집이라. 운경은 본디 흥리(興利) 자생하는 사람이라 호가(豪家)로 지낸지라. 운경의 처가 한 딸을

다리고 잇다가 부인과 소졔을 보고 왈 부인 어듸 계시며 무삼 일로
져러훈 소졔을 다리고 단이눈잇가 부인이 왈 느눈 황셩 스롬으로
환을 피ᄒ며 완나이다 쥬인이 왈 저러케 단이난이 오직히 시장하

데리고 있다가 부인과 소저를 보고 왈

"부인께서는 어디 계시며 무슨 일로 저러한 소저를 데리고 다니나이까?"

부인이 왈

"나는 황성 사람으로 환을 피하며 왔나이다."

주인이 왈

"저렇게 다니니 오죽 시장하시리까?"

시릿가 흐고 시비을 재촉흐여 석반을 들이거을 보이 음식이 다
정경하더라 운경은 흥이 가고 쥬긱이 서로 세상사을 이논하며 소
제 쥬인에 처자을 달이고 글도 같이치며 세월을 보너더라
각설 이적에 서번이 강성흐여 삼십 만 디병을 건나리고 위국지경
을 지너 즁원에 퓌문을 보닌이라 이격 황졔 황극전에 정좌하시
고 만죠빅관을 건나리고 국사을 이논흐더니 체탑이 보히되 서번이
디병을 건나리고 한강을 건니 불이 듯 흔다 흐건을 황졔 디경흐
여 만죠빅관을 모아 이논 왈 뉘 능이 나가 서번을 물이칠이요
흐신더 정화빅이 출본 쥬 왈 신이 지조 업스오나 한번 나가
적병을 소멸흐고 국은를 갓풀가 하나이다 황졔 디히흐사
직시 화빅으로 선봉을 봉하시고 정병 삼십 만과 용장 쳔여
원을 쥬시고 어쥬 삼비 권흐며 을 경은 쥬석지신이라 심을

하고 시비를 재촉하여 석반을 드리거늘 보니 음식이 다 정결하더라. 운경은 흥리(興利) 가고 주객(主客)이 서로 세상사를 의논하며 소저가 주인의 처자를 데리고 글도 가르치며 세월을 보내더라.

각설. 이적에 서번이 강성하여 삼십 만 대병을 거느리고 위국지경을 지나 중원에 패문을 보내니라. 이때 황제가 황극전에 정좌하시고 만조백관을 거느리고 국사를 의논하더니 체탐(體探)이 보(報)하되

서번이 대병을 거느리고 한강을 건너 불일 듯한다.

하거늘 황제가 대경하여 만조백관을 모아 의논 왈

"뉘 능히 나가 서번을 물리치리오."

하신대 정화백이 출반하여 아뢰기를

"신이 재주 없사오나 한번 나가 적병을 소멸하고 국은(國恩)를 갚을까 하나이다."

황제가 대희하사 즉시 화백으로 선봉을 봉하시고 정병 삼십만과 용장 천여 원을 주시고 어주(御酒) 삼배를 권하며 왈

"경은 주석지신이라. 힘을

다하여 젹병을 소멸ᄒ고 중국 사직을 안보케 ᄒ라 ᄒ시니 화빅
이 하직ᄒ고 물어나완이라 이젹 화빅의 화빅이 벼살이 일품이
이라 조정에 그 권도을 당할 재 업ᄂ 고로 일직 반조할 ᄯ을 두되
틈을 엇지 못하더니 맛참 서번이 온단 말을 듯고 자층 출젼코저
ᄒ며 물어나와 아달 ᄉᄌ을 달이고 이ᄂ 왈 나ᄂ 나가 서변과 합
심홀 거시니 니ᄂ 니웅하여 여차여차ᄒ라 ᄒ고 군졸을 충돌
ᄒ여 각각 군정을 부발ᄒ시 좌익장은 김순틱요 우익장은 최
학이요 후군장은 김지만이라 틱중길을 놉피 들고 ᄒᆡᆼ군할시
기치 창금은 일월 히롱ᄒ고 금고항성 천지 진동하더라 여
러 날 만에 산영 ᄯᅡᆼ에 다다르이 젹병 발 오십여 셩을 항복 밧고
이기양양ᄒ건을 원수은 산양산ᄒ에 진을 치고 젹병 산영수을
등지고 진을 첫시되 진세 엄숙ᄒ더라 원수 격서을 써 보니

다하여 적병을 소멸하고 중국 사직을 안보케 하라."

하시니 화백이 하직하고 물러나오니라.

이적 화백의 벼슬이 일품이라. 조정에 그 권도를 당할 자가 없는 고로 일찍 반조할 뜻을 두되 틈을 얻지 못하더니 마침 서번이 온단 말을 듣고 자칭 출전하고자 하며 물러나와 아들 넷을 데리고 의논 왈

"나는 나가 서번과 합심할 것이니 너는 내응하여 여차여차하라."

하고 군졸을 충돌하여 각각 군정을 부발할새 좌익장은 김순태요, 우익장은 최학이요, 후군장은 김재만이라. 대장기를 높이 들고 행군할새 기치 창검은 일월을 회롱하고 금고(金鼓) 함성은 천지진동하더라. 여러 날 만에 산영 땅에 다다르니 적병이 오십여 성을 항복 받고 의기양양하거늘 원수는 산양산하에 진을 치고 적병은 산영수를 등지고 진을 쳤으되 진세 엄숙하더라. 원수 격서를 써 보내되

되 합심할 듯듯로 써 보니이라 이적에 호진에서 격셔을 바다보
니 흐엿되 수말 이 중지에 무사이 득달흐엿나잇가 명일은 합심하
여 중국으로 향할사이다 흐엿더라 중국 원수 정화빅은 서흐
노라 적진 선봉 김철남이 격셔을 바다보고 질겨흐여 제장을 불
어 왈 송중에서 엿츠엿츠 흐엿시니 명일은 승전을 흐리라 흐고 잇튼
날 평명에 정화빅 좌익장 김순터을 불어 왈 나가 싸호라 흔디
순터 번창출마[35] 왈 긔 갓튼 반젹은 외람흔 쓰들 두고 중원을 침범한
이 니을 벼혀 분을 싯으리라 흔디 적진 중에서 철남이 위여 왈 네
나라에 와 오십여 성을 흥복 바닷건을 너는 두엽도 아니하야 흐고

합심할 뜻으로 써 보내니라.

이적에 호진에서 격서를 받아 보니 하였으되

　　수만 리 중지에 무사히 득달하였나이까? 명일은 합심하여 중국
　으로 향하사이다.
　　중국 원수 정화백은 서하노라.

하였더라.

적진 선봉 김철남이 격서를 받아 보고 즐거워하여 제장을 불러 왈

"송 중에서 여차여차하였으니 명일은 승전을 하리라."

하고 이튿날 평명에 정화백이 좌익장 김순태를 불러 왈

"나가 싸우라."

한대 순태가 번창출마(飜槍出馬) 왈

"개 같은 반적은 외람한 뜻을 두고 중원을 침범하니 너를 베어
분을 씻으리라."

한대 적진 중에서 철남이 외쳐 왈

"네 나라에 와 오십여 성을 항복 받았거늘 너는 두렵지도 아니하
냐?"

하고

달여들어 십 합이 못하여 철남에 창이 번듯ᄒ며 순터에 머리 나
려지ᄂᆞᆫ지라 창 긋테 ᄢᅱ여 들고 좌우충돌ᄒ며 웨여 왈 송
진중에 장사 잇거든 나와 싸오자 ᄒᆞᆫ디 송 진중에 우익장 최

달려들어 십 합이 못하여 철남의 창이 번듯하며 순태의 머리 내려지는지라. 창끝에 꿰어 들고 좌우충돌하며 외쳐 왈

"송 진중에 장사 있거든 나와 싸우자."

한대 송 진중의 우익장 최학이

학이 니달나 싸와 오십여 합에 이르너 철남에 창이 번듯하며 최학
에 창든 팔이 말 하에 눌여지믹 송 진중에 후군장 김직만이 니달아
최학을 구하여 마조 싸와 칠십여 합에 일으러 철남에 창이 번듯하
며 양장에 머리 마하에 나려지난지라 숑 진중에 들어가 좌우충
돌하며 무인지경가치 회힝하니 군자 주금이 틱산 갓고 피흘
너 성쳔하더라 이윽고 쳘남이 쏘 한 장수을 버혀 들고 진 박게
나서 웨여 왈 송 진중에 장사 잇그든 나와 싸호자 한디 송 진
중에 서 화빅이 말게 올나 싸와 이십여 합에 철남이 그짓 픽하여
본진으로 다라나그늘 원수 분노하여 짜라 적직 중에 들믹 격진
중에서 청홍기을 들어 진문을 여어 주거을 들어가 사토집퍈
체하고 직시 항서을 주니 적진 중에서 징을 처 퇴병하고 항서을
기 우에 놉히 달고 송진을 뵈여 왈 너이 등은 보아라 너히 틱장이

내달아 싸워 오십여 합에 이르러 철남의 창이 번듯하며 최학의 창 든 팔이 말 아래 내려지매 송 진중의 후군장 김재만이 내달아 최학 을 구하여 맞아 싸워 칠십여 합에 이르러 철남의 창이 번듯하며 양 장의 머리가 말 아래에 내려지는지라. 송 진중에 들어가 좌우충돌하 며 무인지경같이 회행하니 군사 주검이 태산 같고 피 흘러 성천하더 라. 이윽고 철남이 또 한 장수를 베어 들고 진 밖에 나서 외쳐 왈

"송 진중에 장사 있거든 나와 싸우자."

한대 송 진 중에서 화백이 말에 올라 싸워 이십여 합에 철남이 거짓으로 패하여 본진으로 달아나거늘 원수가 분노하여 따라 적진 중에 들어가니 적진 중에서 청홍기를 들어 진문을 열어 주거늘 들어 가 사로잡힌 체하고 즉시 항서를 주니 적진 중에서 징을 쳐 퇴병하 고 항서를 기 위에 높이 달고 송진에 보이며 왈

"너희 등은 보아라. 너희 대장이

이모 항복하엿시니 너히 등은 닐노 더부러 샤호라 쳘남이 원
수와 디강 셜화하고 본진으로 도로 보낸지라 잇흔날 합병하
여 진쳐 들어오니 뉘 능히 당하리요 이젹에 황제 원수을 젼
장에 보내고 기달이더니 쳬탐이 보하되 젼병이 송진을 항복
밧고 오십여 셩 군기을 진탈흐여 물미 듯흔다 하거을 황졔
들으시고 양텬 탄 왈 송국 사직을 안보하기 어려오니 엇지하리
요 하니 화빅의 아들 삼형졔 일시에 출반 주 왈 신 등이 나아가 젹
병을 물니치고 아비 피한 죄을 요셔할가 하나이다 흔디 황졔
가라사디 경에 부친을 싱각하여 진심갈력36)하여 졍병을 물
이치라 하시고 졍병 삼십 만과 요장 쳔여 원을 주시되 선봉
은 일남이요 좌익장은 이남이요 우익장은 삼남이다 흐고
나오더니 쳬탐이 보하되 젹병이 동남 양무에 유진하여시니

이미 항복하였으니 너희 등은 뉘와 더불어 싸우랴."

철남이 원수와 대강 설화하고 본진으로 도로 보낸지라.

이튿날 합병하여 제쳐 들어오니 뉘 능히 당하리오.

이적에 황제가 원수를 전장에 보내고 기다리더니 체탐(體探)이 보하되

적병이 송진에 항복 받고 오십여 성 군기를 취탈하여 물밀 듯한다.

하거늘 황제 들으시고 앙천 탄식하기를

"송나라 사직을 안보하기 어려우니 어찌하리오."

하니 화백의 아들 삼형제 일시에 출반하여 아뢰기를

"신들이 나아가 적병을 물리치고 아비 패한 죄를 용서받을까 하나이다."

한대 황제 가라사대

"경의 부친을 생각하여 진심갈력(盡心竭力)하여 정병을 물리치라."

하시고 정병 삼십만과 용장 천여 원을 주시되

"선봉은 일남이요, 좌익장은 이남이요, 우익장은 삼남이다."

하고 나오더니 체탐이 보하되

적병이 동남 양무에 유진하였으니

황상은 급히 마그옵소서 흐거늘 황졔 들으시고 망극하여 통곡
왈 이 일을 엇더 할고 하신디 졔신이 쥬 왈 지금 젹병이 스디문을 마
조 싸 들어오니 황상은 어디로 가시릿가 복망 황상은 북문으로 나서
산성으로 갈사이다 흔디 황졔 할리업서 충신을 다리고 북문
으로 니달아 산성으로 가신이라 이젹에 일남 삼형졔 이 마을 듯고 진
젼에 회힝흐며 웨여 왈 젹장 쳘남은 한갓 강포만 밋고 중원을 침
범흔다 흐며 왈 너난 니 살을 바드라 흐고 무수이 쏘다가 한 봉서을
활쵹에 미여 보너니 쳘남이 바다보이 하엿시되 황상이 북산성으
로 갓시니 그리로 가옵소서 흐엿건을 쳘남이 진문을 구지 닷고 군

황상은 급히 막으옵소서.

하거늘 황제 들으시고 망극하여 통곡 왈

"이 일을 어찌할꼬?"

하신대 제신이 아뢰기를

"지금 적병이 사대문을 마주 싸고 들어오니 황상은 어디로 가시리까? 복망 황상은 북문으로 나가 산성으로 가사이다."

한대 황제 하릴없어 충신을 데리고 북문으로 내달아 산성으로 가시니라.

이적에 일남 삼형제가 이 말을 듣고 진전에 회행하며 외쳐 왈

"적장 철남은 한갓 강포만 믿고 중원을 침범한다."

하며 왈

"너는 내 살을 받으라."

하고 무수히 쏘다가 한 봉서를 활촉에 매어 보내니 철남이 받아보니 하였으되

황상이 북산성으로 갔으니 그리로 가옵소서.

하였거늘 철남이 진문을 굳게 닫고 군

병을 모라 북한성에 가 첩첩히 외워싸고 항복하라 ᄒᆞᄂᆞᆫ 소리
산천이 뒤롭더라○각셜 이격에 화룡이 빅 소졔을 하직ᄒᆞ고
황셩으로 힝ᄒᆞ더이 들으미 셔변이 불이 듯한다 하거늘 화룡

병을 몰아 북산성에 가 첩첩이 에워싸고 항복하라 하는 소리 산천이 뒤놀더라.

각설. 이적에 화룡이 백 소저와 하직하고 황성으로 행하더니 들으매 서번이 불일 듯한다 하거늘 화룡이

이 경황ᄒ여 쥬야로 달여 황성에 득달하니 젹병이 닉외성을 외
웟더라 이젹 황졔 산성에 머문 지 십여 일이 되엿난지라 졔신이 엿자
오디 젹병이 성 외예 쳡쳡히 쏫엿시니 시량이 핍졀ᄒ오니 무어스 멋
고 사오시릿가 속히 항복하기만 갓지 못하나이다 황졔 앙쳔통
곡 왈 즁국이 아직 군사 삼십 만이요 용장 쳐여원이라 그만한 젹
병을 근심ᄒ리요 ᄒ시고 용누 낙지ᄒ건늘 이젹에 종셕은 셰디츙
신이라 복지 쥬 왈 용누 낙지하면 고한삼연37)이라 ᄒ오니 옥쳬을
안보하옵소서 쳔기늘 잠간 보니 남방으로 장셩이 자리늘 올마 황
셩을 응하엿시미 광치 찰난ᄒ오니 황상은 염예 마옵소서 명일 오시
말미 시초면 반가온 소식을 드르리이다 ᄒ고 복지츅원ᄒ더라○각
셜 이젹 봉션 형졔 쳘악산하에 다달으니 수셰 광활ᄒ고 수목
이 참쳠ᄒ여 심이 시엄ᄒ더라 그날 봄에 숩풀을 이지하여 밤을

경황하여 주야로 달려 황성에 득달하니 적병이 내외성을 에웠더라.

이적에 황제가 산성에 머문 지 십여 일이 되었는지라. 제신(諸臣)이 여쭈되

"적병이 성 외에 첩첩이 싸여 식량이 핍절하오니 무엇을 먹고사오리까? 속히 항복함만 같지 못하나이다."

황제가 앙천통곡(仰天痛哭)하여 왈

"중국이 아직 군사 삼십 만이요, 용장이 천여 원이라. 그만한 적병을 근심하리오."

하시고 용루(龍淚) 낙지(落地)하거늘 이적에 종석은 세대충신이라. 땅에 엎드려 아뢰길

"용루 낙지하면 고한삼년(枯旱三年)이라 하오니 옥체를 안보하옵소서. 천기를 잠깐 보니 남방으로 장성이 자리를 옮아 황성을 응하였으매 광채가 찬란하오니 황상은 염려 마옵소서. 명일 오시(午時) 말미 시초면 반가운 소식을 들으리이다."

하고 복지(伏地) 축원(祝願)하더라.

각설. 이적 봉과 선 형제가 철악산하에 다다르니 수세가 광활하고 수목이 창천하여 심히 시원하더라. 그날 밤에 수풀을 의지하여 밤을

지니더니 삼경을 당ᄒ여 산천이 뒤놉려이 이윽고 못시 쓸는 듯하며 뇽마

두 필이 나왈 벽역갓치 소리며 ᄒ 범과 마조 샤와 물고 츠며 십여 장시 쒸

건늘 봉선 형졔 수목을 이지ᄒ여 보미 심이 엄숙ᄒ여 바로 보지 못할러라 이윽고 동방이 발그미 범은 산으로 가고 뇽마은 물노 드러가거늘

봉선 형졔 이논 왈 뇽마는 모왓시나 엇지 하여 으드리요 한탄ᄒ다가 줌간

조우더니 망월터스 현몽ᄒ되 지금 황졔 만분 윗팀하기늘 무삼 잠을 자

난다 ᄒ고 철악산은 양호 양마 형국이라 룡마 두 필이 이 산 정기을 타

낫시미 이 산에 천연 무간 범 두 말이 시기하야 서로 쏜혼 지 삼연이라

승부을 결치 못ᄒ엿시니 오날은 그 뇽말을 타고 범을 잡아야 그 말이 공 갓푸리라 만일 그 범을 잡거든 그 가죽 볍겨 그 말에 씨와야 정기슬 모다 다 아실리라 쏘 부작 두 벌을 주며 왈 이거슬 말머리예 부치라 ᄒ고 가건을 씨달으니 남가일몽이라 맛참 날이

지내더니 삼경을 당하여 산천이 뒤놀더니 이윽고 몹시 끓는 듯하며 용마 두 필이 나와 벽력같이 소리하며 한 범과 마주 싸워 물고 차며 십여 장씩 뛰거늘 봉과 선 형제가 수목을 의지하여 보매 심히 엄숙하여 바로 보지 못할러라. 이윽고 동방이 밝으매 범은 산으로 가고 용마는 물로 들어가거늘 봉과 선 형제가 의논 왈

"용마는 모았으나 어찌하여 얻으리오."

한탄하다가 잠깐 졸더니 망월대사가 현몽하되

"지금 황제가 만분 위태하거늘 무슨 잠을 자는가?"

하고

"철악산은 양호(兩虎), 양마(兩馬) 형국이라. 용마 두 필이 이 산 정기를 타고났으매 이 산에 천년 무간 범 두 마리가 시기하여 서로 싸운 지 삼 년이라. 승부를 결치 못하였으니 오늘은 그 용마를 타고 범을 잡아야 그 말이 공을 갚으리라. 그 범을 잡거든 그 가죽을 벗겨 그 말에 씌워야 정기를 모두 다 빼앗으리라."

또 부작 두 벌을 주며 왈

"이것을 말 머리에 붙이라."

하고 가거늘 깨달으니 남가일몽이라. 마침 날이

저물건을 이윽고 물이 끌으며 룡마가 나와 십여 장식 쒸며 고함하
거늘

봉신이 소리을 크게 질어 왈 너는 빌녹 짐싱이나 명산 정기을 타났
시니

엇지 임자을 모로는다 ᄒ니 그 말이 이윽히 듣다가 반기난 듯하며
굽을 치

건늘 봉선 직시 힝장을 푸니 말이 칼을 물어 소에 쥐위건늘 그제야
선싱에 말 싱각ᄒ고 칼을 들고 말게 안지니 산곡이 무나지는 듯하며
범이 나

려오니 그 말이 소리ᄒ며 달여들여 싸호니 그 범이 스롭을 보고 물
어서거늘

그 말이 점점 기운이 씩씩ᄒ여 달여드니 그 범이 미양 스롭을 힉코
져 ᄒ거늘 봉

선이 그 고함 소리예 정신이 업서 죽을 힘을 다하여 범이 입을 별일
졔 마

저물거늘 이윽고 물이 끓으며 용마가 나와 십여 장씩 뛰며 고함하거늘 봉과 선이 소리를 크게 질러 왈

"너는 비록 짐승이나 명산 정기를 타고났으니 어찌 임자를 모르느냐?"

하니 그 말이 이윽히 듣다가 반기는 듯하며 굽을 치거늘 봉과 선이 즉시 행장을 푸니 말이 칼을 물어 손에 쥐이거늘 그제야 선생의 말을 생각하고 칼을 들고 말에 앉으니 산곡이 무너지는 듯하며 범이 내려오니 그 말이 소리하며 달려들어 싸우니 그 범이 사람을 보고 물러서거늘 그 말이 점점 기운이 씩씩하여 달려드니 그 범이 매양 사람을 해코자 하거늘 봉과 선이 그 고함 소리에 정신이 없어 죽을 힘을 다하여 범이 입을 벌릴 때마다

당 청롱도을 들어 질으이 제 엇지 청롱도을 당흐리요 십여 디을 맛더
더니 물어 안저 고함만 흐고 드지 못한지라 그제야 말이 달여들어 범을
잡거늘 봉선이 직시 말게 날여 범에 가죽을 쩍겨 들고 말을 경계 왈 너
는 이 산 졍기을 범과 갓타 낫시민 서로 시흐기로 이졔 범에 셤지늘 입으

청룡도를 들어 찌르니 저가 어찌 청룡도를 당하리오. 십여 대를 맞더니 물러앉아 고함만 하고 들지 못한지라. 그제야 말이 달려들어 범을 잡거늘 봉과 선이 즉시 말에서 내려 범의 가죽을 벗겨 들고 말을 경계하여 왈

  "너는 이 산 정기를 범과 같이 타고났으매 서로 싫어하기로 이제 범의 껍질을 입으라."

라 ᄒ고 입힌 후에 부작을 말 머리예 부치니 일호도 어김이 업더라 직시

마상에 올나 잠간 천기늘 살허보니 호왕에 직성이 퀄니예 응ᄒ여 광치 찰

란ᄒ고 천ᄌ에 직성은 운무에 드엇긴을 경황 망극하여 산 박게 나와 말을 경게

왈 너는 강산 정기늘 타낫시민 직금 천자 위퇴ᄒ미 경각에 잇시민 오날날 삼철

이 황성을 득달ᄒ라 ᄒ고 치늘 들어 히롱ᄒ니 삼철이 강산이 눈 압혜 지

니더라○각설 이젹에 황제 종셕을 달이고 왈 오날 오시나 되엿시되 아모

소식이 업시니 이 일늘 장차 엇지ᄒ리ᄒ요 시더니 이윽고 바러보니 동남간으

로 일원 디장이 들어오더니 적진 중을 헷치고 들어와 삼장을 벼혀 칼 긋

하고 입힌 후에 부작을 말 머리에 붙이니 일호도 어김이 없더라. 즉시 마상(馬上)에 올라 잠깐 천기를 살펴보니 호왕의 직성이 궐내에 응하여 광채 찬란하고 천자의 직성은 운무에 들었거늘 경황 망극하여 산 밖에 나와 말을 경계하여 왈

"너는 강산 정기를 타고났으매 지금 천자 위태함이 경각에 있으므로 오늘 삼천리 황성을 득달하라."

하고 채를 들어 희롱하니 삼천리 강산이 눈앞에 지나더라.

각설. 이적에 황제가 종석을 데리고 왈

"오늘 오시(午時)나 되었으되 아무 소식이 없으니 이 일을 장차 어찌하리오."

하시더니 이윽고 바라보니 동남간으로 일원 대장이 들어오더니 적진 중을 헤치고 들어와 세 장수를 베어 칼끝

테 뛰여 들고 들어와 보이거늘 이는 뉘시던고 함양 짱에 화룡이라 들어와

게하에 복지 주 왈 신이 말이 박게 잇서 일직 오지 못하와 황상께서 경황하엿

시니 신에 죄을 룡서하옵소서 황제 딕히하사 손을 잡고 문 왈 경은 어데 살

며 성명은 무어신다 화룡이 딕 왈 성명 한은 화룡이옵고 살기는 함양 짱

에 꿰어 들고 들어와 보이거늘 이는 뉘시던고, 함양 땅의 화룡이라. 들어와 계하에 엎드려 아뢰기를

"신이 만리 밖에 있어 일찍 오지 못하여 황상께서 경황하였으니 신의 죄를 용서하옵소서."

황제가 대회하사 손을 잡고 묻기를

"경은 어디 살며 성명은 무엇인가?"

화룡이 대답하기를

"성명은 한화룡이옵고 사는 곳은 함양 땅에

에 인나이다 황제 칭찬 왈 경에 지조는 숨국 제 조즈룡이로다 억만 군즁을

헷치고 들어오니 그디는 천신인가 흐노라 흐시고 종셕을 도라보아 왈 경곳 아

이면 엇지 명장 올 줄 아리요 흐시고 또 무삼 기별이 잇실가 발너더니 오시 말은 흐

야 무어시 빅운 간으로 들어오더니 철통갓튼 소릭 느며 디장 둘이 용마늘

타고 나는 다시 들어오며 웨여 왈 황상은 어디 게신다 흐며 적진을 힝흐여 좌

우충돌흐며 칠성금이 동셔에 쎤뜬흐며 남북장을 벼혀 들고 말은 십여 장식 뛰며 무인지경 갓치 적장 십여 명을 순식간에 버히이 군사 죽으미

티산 갓교 피 흘어 성천흐더라 봉선 형졔 진문을 헷치고 산성으로 향흐야

황상 젼에 복지 주 왈 신에 형졔 멀이 잇삽기로 일직 오지 못하옵고 황상에 영업시 들어오난 즁에 소연 혈기지분을 참지 못하야 적장 십여 명을 버혓싸오니 북걸 황상은 둥돌 무지흔 죄을 용서흐옵소서

천즈 봉선에 손을 잡고 왈 짐이 박덕흐와 셔번에 난을 만너 지금 사

있나이다."

황제가 칭찬 왈

"경의 재주는 삼국 때의 조자룡이로다. 억만 군중을 헤치고 들어오니 그대는 천신인가 하노라."

하시고 종석을 돌아보아 왈

"경이 아니면 어찌 명장이 올 줄 알리오."

하시고 또 무슨 기별이 있을까 바라더니 오시(午時) 말쯤 하여 무엇이 백운 간으로 들어오더니 철통 같은 소리 나며 대장 둘이 용마를 타고 나는 듯이 들어오며 외쳐 왈

"황상은 어디 계신가?"

하며 적진을 행하여 좌우충돌하며 칠성검이 동서에 번뜻하며 남북 장수를 베어 들고 말은 십여 장씩 뛰며 무인지경 같이 적장 십여 명을 순식간에 베니 군사 죽음이 태산 같고 피가 흘러 성천하더라. 봉과 선 형제가 진문을 헤치고 산성으로 향하여 황상 전에 엎드려 아뢰기를

"신의 형제가 멀리 있삽기로 일찍 오지 못하옵고 황상의 명령 없이 들어오는 중에 소년 혈기지분을 참지 못하여 적장 십여 명을 베었사오니 엎드려 바라건대 황상은 당돌 무지한 죄를 용서하옵소서."

천자가 봉과 선의 손을 잡고 왈

"짐이 박덕하여 서번의 난을 만나 지금 사직의

직 위티ᄒ미 조모에 잇더니 못참 경등을 만넛시니 무어슬 염예할이요

ᄒ시고 문는이 그딕 등은 성명은 무어시며 어딕 사는다 양중이 주왈 신 등이

사옵기는 진쥬 반게촌에 스옵고 성명은 빅봉이요 져에 아이는 선이옵고

갑ᄌ연 분에 위국 청병장 가신 빅할수에 아달이로소이다 황졔 들으시고

놀닉 체읍 왈 경에 부친이 주석지신으로 갑ᄌ연 난에 위국청병중 간 지 이모

오 연이라 소식을 몰나 쥬야 염여ᄒ더니 오날날 그딕을 보니 경에 부친 만닌

듯하도다 ᄒ시고 경에 부친이 갈충보국ᄒ더니 지금거진 오지 못ᄒ이 도시

짐에 불명ᄒ미로다 ᄒ시고 효ᄌ지문에 충신이 난다더니 충신지ᄌ

위태함이 조석(朝夕)에 있었는데 마침 경들을 만났으니 무엇을 염려하리오."

하시고 묻나니

"그대들은 성명이 무엇이며 어디 사는가?"

두 장수가 아뢰기를

"신들이 사옵기는 진주 반계촌에 사옵고 성명은 백봉이요, 저 아이는 선이옵고, 갑자년 분에 위국 청병장 가신 백활수의 아들이로소이다."

황제가 들으시고 놀라 체읍 왈

"경의 부친이 주석지신으로 갑자년 난에 위국청병장 간 지 이미 오 년이라. 소식을 몰라 주야 염려하더니 오늘 그대를 보니 경의 부친 만난 듯하도다."

하시고

"경의 부친이 갈충보국(竭忠報國)하더니 지금까지 오지 못하니 아무리 해도 짐이 불명함이로다."

하시고

"효자지문(孝子之門)에 충신이 난다더니 충신지자(忠臣之子)

논 충신이라 흐시고 졔신을 모와 이논 왈 디션봉을 뉘을 흐리요 흐
신디 졔신이 주 왈 빅봉을 졍흐옵소셔 흔디 황졔 가라스다 그논 그
리흐

거이와 활룡이 먼저 왓거늘 아즁을 봉흐면 조와 아이할가 흐노라 흐신
디 화룡이 주 왈 신에 직조 봉션만 못하오니 봉션 형졔 요밍은 틱산을

는 충신이라."

하시고 제신을 모아 의논 왈

"대선봉을 누가 하리오?"

하신대 제신이 아뢰기를

"백봉을 정하옵소서."

한대 황제 가라사대

"그는 그리하거니와 화룡이 먼저 왔거늘 아장(亞將)을 봉하면 좋아 아니할까 하노라."

하신대 화룡이 아뢰기를

"신의 재주가 봉과 선만 못하옵고 봉과 선 형제 용맹은 태산을

엽헤 씨고 북희늘 건닐 쯧하오니 복뭉 황상은 빅봉으로 선봉을 정

ᄒ옵소서 황제 올히 여겨 빅봉으로 디원수를 봉ᄒ시고 수기에 황금 디

즈로 썻시되 중국 디원수 빅봉이라 ᄒ엿더라 이적에 철남 장디예 놉히

안잣더니 굴늠 속으로 난디업ᄂ 장수 두어시 와 죽난홈을 보고 제장을

불어 문 왈 선에 들어와 상장 버히단 장사는 뉘라 ᄒ며 ᄯ 밍호진을 헛치

고 들어와 순식간 십여장을 버히고 간 장수는 뉘라 ᄒᄂ다 철남에 선싱

철산도ᄉ 장디에 안줏더가 답 왈 일전 천기를 잠간 보니 남방으로 장성

서이 쯔오기로 고이하다 ᄒ얏더이 이ᄂ 망월디시 제자 봉서 형졘가 ᄒ노

옆에 끼고 북해를 건널 듯하오니 복망(伏望) 황상은 백봉으로 선봉을 정하옵소서."

황제가 옳게 여겨 백봉으로 대원수를 봉하시고 수기에 황금 대자로 썼으되

중국 대원수 백봉이라.

하였더라.

이적에 철남이 장대에 높이 앉았더니 구름 속으로 난데없는 장수 두엇이 와 작란함을 보고 제장을 불러 묻기를

"전에 들어와 세 장수 베던 장수는 뉘라 하며 또 맹호진을 헤치고 들어와 순식간에 십여 장수를 베고 간 장수는 뉘라 하느냐?"

철남의 선생 철산도사가 장대에 앉았다가 답하기를

"일전에 천기를 잠깐 보니 남방으로 장성 셋이 떠오기로 괴이하다 하였더니 이는 망월대사 제자 봉과 선 형제인가 하노라."

라 ᄒ고 왈 만일 봉선 갓트면 도로 회군ᄒ기만 갓지 못하노라 ᄒᄃᆡ 철
남이 왈 너 엇지 져만 못할이요 도사 왈 악기 잠간 보니 록포운갑을
입엇시니 조화무궁할 거시요 용말을 탓시니 용마는 호랑에 정기을
타낫시니 그 말은 십여중 시소사 ᄶᅱ니 엇지 그 장사을 당하리요 ᄒ
더라

하고 왈

"만일 봉과 선 같으면 도로 회군하기만 같지 못하노라."

한대 철남이 왈

"내 어찌 저만 못하리오."

도사 왈

"아까 잠깐 보니 녹포운갑을 입었으니 조화무궁할 것이오. 용마를 탔으니 용마는 호랑이의 정기를 타고나 그 말은 십여 장씩 솟아 뛰니 어찌 그 장수를 당하리오."

하더라.

이적에 원수 황제을 모시고 밤을 지니고 평명[38])에 디장기를 군전에 세우

고 군졸 불어 분부할시 죄익장은 화룡이요 우익중은 빅선이요 후군장은 정일남 슘형졔라 이적 원수 장디예 놉히 안즈 화룡을 불어 싸

호라 흔디 화룡 직시 말게 올나 진전 회힁ᄒ며 웨여 왈 젹장은 ᄲᆞᆯ이 나

니 칼을 바드라 나는 함양 쌍에 스는 환화룡이라 ᄒ며 홋통ᄒ니 젹진

중에서 운빅이 응셩 출마ᄒ야 싸와 십여 합에 화룡에 칼이 번듯ᄒ며 운빅에 멀이 마하에 나여지ᄂᆞᆫ지라 진전에 회힁ᄒ며 지조을 즈랑ᄒ더라 젹진 중에서 운빅이 죽으을 보고 운용 나오며 왈 너는 니 형을 죽

엿시니 니 칼을 바드라 ᄒ며 달여들건늘 화룡 우스며 왈 네 형이 니 칼

에 죽어건늘 네ᄂᆞᆫ 두렵도 아이ᄒ야 옛말에 이으되 부즈 형졔ᄂᆞᆫ 한 칼에 죽이지 아이한다 ᄒ니 ᄲᆞᆯ이 나와 니 활을 바드라 ᄒ고 달여들어 이 합이 못ᄒ여 화룡 활을 들어 쏘니 운룡이 흉복을 마즈 말게 랄여

이적에 원수가 황제를 모시고 밤을 지내고 평명에 대장기를 군전에 세우고 군졸을 불러 분부할새 좌익장은 화룡이요, 우익장은 백선이요, 후군장은 정일남 삼형제라.

이적 원수가 장대에 높이 앉아 화룡을 불러 싸우라 한대 화룡이 즉시 말에 올라 진전 회행하며 외쳐 왈

"적장은 빨리 나와 내 칼을 받으라. 나는 함양 땅에 사는 한화룡이라."

하며 호통하니 적진 중에서 운백이 응성(應聲) 출마하여 싸워 십여 합에 화룡의 칼이 번듯하며 운백의 머리가 말 아래 내려지는지라. 진전에 회행하며 재주를 자랑하더라. 적진 중에서 운백이 죽음을 보고 운용이 나오며 왈

"너는 내 형을 죽였으니 내 칼을 받으라."

하며 달려들거늘 화룡이 웃으며 왈

"네 형이 내 칼에 죽었거늘 너는 두렵지도 아니하냐? 옛말에 이르되 부자(父子)와 형제는 한 칼에 죽이지 아니한다 하니 빨리 나와 내 활을 받으라."

하고 달려들어 이 합이 못하여 화룡이 활을 들어 쏘니 운용이 흉복을 맞아 말에서 내려지거늘

지건늘 머리을 비여 본진에 던지고 웨여 왈 젹진 즁에 장수 잇거던 쌜이 나와 니 칼을 바드라 ㅎ는 소리 천지진동ㅎ는지라 젹진에서 쏘 혼 장사 나와 일 합이 못하야 머리 날여지거늘 활룡이 이기양양ㅎ야 웨여

왈 쳘남은 어딕 가고 어린 아힉만 닉여보닉는다 ㅎ며 질욕ㅎ니 젹진에서 삼쵸 죽으을 보고 쳘남이 나와 웨여 왈 니 활은 무쇠 아홉 치을 씨치나니 바드라 ㅎ고 흡젼ㅎ여 십여 홉에 승부을 결치 못ㅎ더니 쳘이 쳘궁에 활을 무수이 쏘니 활룡이 오는 살을 바다 꺽거 벌이며 쏘 십여 합에 일으어 칠셩금이 번듯ㅎ며 천난에 머리 말하에 날여지거늘

원수 장디에서 보다가 활룡이 기진홈을 보고 징을 쳐 군을 거두니 활룡이 본진으로 돌아오니 원수 장디에 날여와 활룡에 손을 잡고 왈 중군에 지조는 귀신도 층양치 못할 거시요 만부부당지룡인니 일후에 딕즁인수을 맛트소서 ㅎ고 치스홈을 마지아이ㅎ더라 이젹

머리를 베어 본진에 던지고 외쳐 왈

"적진 중에 장수 있거든 빨리 나와 내 칼을 받으라."

하는 소리가 천지진동하는지라.

적진에서 또 한 장수가 나와 일 합이 못하여 머리가 내려지거늘 화룡이 의기양양하여 외쳐 왈

"철남은 어디 가고 어린아이만 내보내는가?"

하며 질욕하니 적진에서 세 장수의 죽음을 보고 철남이 나와 외쳐 왈

"내 활은 무쇠 아홉 치를 깨치나니 받으라."

하고 합전하여 십여 합에 승부를 결치 못하더니 천리 철궁의 활을 무수히 쏘니 화룡이 오는 살을 받아 꺾어 버리며 또 십여 합에 이르러 칠성검이 번듯하며 쳤나니 머리가 말 아래 내려지거늘 원수가 장대에서 보다가 화룡이 기진함을 보고 징을 쳐 군을 거두니 화룡이 본진으로 돌아오니 원수가 장대에서 내려와 화룡의 손을 잡고 왈

"장군의 재주는 귀신도 측량치 못할 것이요, 만부부당지용이니 일후에 대장인수를 맡으소서."

하고 치사함을 마지아니하더라. 이적에

에 천즈 장터에서 양진 쓰홈을 보시더니 활용이 본진으로 도라오건
늘 상이 칭찬 왈 경에 지조는 슘국 졔 관운 장비라도 당치 못홀이
로다 ᄒ더시라 이날 밤에 졔신이 황졔을 모시고 환궁ᄒ시다 이날
밤에

쳘남이 졔 동싱 죽음을 못 싱각ᄒ고 분기을 이기지 하여 날 밝기를 기
달리더라 이날 밤 미명에 쳘남이 진전에 나서 웨여 왈 니 동생 죽이
단 놈

ᄲᆞᆯ이 나와 니 칼을 바드라 ᄒ거늘 원슈 장터에서 보니 젹진 즁에
일원

디장이 나섯시되 신장 국이 쳑이요 황금투구에 룡인갑을 입고 좌수
에 청용도을 들고 옥수에 장창 들고 낫빗튼 수묵 갓고 두 쥴 이를
갈고

호영을 추상갓치 하더라 원수 활룡달여 왈 젹장을 보니 범상한 중
ᄉ 안이라 중군 여러 번 수고ᄒ엿시이 오날을 당ᄒ안 너가 나가 접
전ᄒ리

다 한디 활용이 왈 소중이 비록 지조 업스오나 쳘남을 자아 휘하에
밧치

리다 ᄒ더 원수 마지못ᄒ여 당부 왈 젹장은 범 갓튼 즁ᄉ 부디 조심
ᄒ소

천자가 장대에서 양진 싸움을 보시더니 화룡이 본진으로 돌아오거늘 상이 칭찬 왈

"경의 재주는 삼국 때 관운, 장비라도 당치 못하리로다."

하시더라. 이날 밤에 제신이 황제를 모시고 환궁하시다. 이날 밤에 철남이 제 동생 죽음을 생각하고 분기를 이기지 못하여 날 밝기를 기다리더라. 이날 밤 미명에 철남이 진전에 나서 외쳐 왈

"내 동생 죽였던 놈은 빨리 나와 내 칼을 받으라."

하거늘 원수가 장대에서 보니 적진 중에 일원 대장이 나섰으되 신장이 구 척이요, 황금 투구에 용인갑을 입고 좌수에 청룡도를 들고 옥수에 장창 들고 낯빛은 수묵 같고 두 줄 이를 갈고 호령을 추상같이 하더라. 원수가 화룡더러 왈

"적장을 보니 범상한 장수가 아니라. 장군이 여러 번 수고하였으니 오늘을 당하여 내가 나가 접전하리다."

한대 화룡이 왈

"소장이 비록 재주 없사오나 철남을 잡아 휘하에 바치리다."

한대 원수가 마지못하여 당부 왈

"적장은 범 같은 장수니 부디 조심하소서."

서 활룡이 응성 출마ᄒ여 웨여 왈 기 갓튼 적장 철남은 들으라 너
는 강포만 밋고 어른을 디젹ᄒ이 엇지 분치 아이하리요 달여들어
싸홀

시 두 범이 밥을 닷토는 듯ᄒ더라 이십여 합에 활룡에 심이 진ᄒ여
지고 철남에 심은 씩씩ᄒ거늘 원수 장디에 보다가 힝여 실수할가
염여ᄒ

여 퇴진ᄒ니 활룡이 할 길 업서 말을 칫쳐 본진으로 힝할시 철남이 천
동갓치 소리ᄒ며 웨여 왈 네는 어디로 가는다 ᄒ며 짓쳐들어 철남 칼
이 거이 활룡이 맛게 되여거늘 빅선이 급히 말게 올아 칠셩금을 들고
소리을 크기 질어 왈 이노 어디로 힝ᄒ는다 ᄒ고 활룡을 구하니 철
남 분기 충천하여 빅선과 합전ᄒ야 일합이 못ᄒ야 쳘남에 말은 미양
코을

불며 실어하더라 양진 장졸이 정신을 찰이지 못하더라 삼십여
합에 승부을 결단치 못하고 날이 저물미 양진이 각각 징을 처 군

화룡이 응성 출마하여 외쳐 왈

"개 같은 적장 철남은 들으라. 너는 강포만 믿고 어른을 대적하니 어찌 분치 아니하리오."

달려들어 싸울새 두 범이 밥을 다투는 듯하더라. 이십여 합에 화룡의 힘이 진(盡)하고 철남의 힘은 씩씩하거늘 원수가 장대에서 보다가 행여 실수할까 염려하여 퇴진하니 화룡이 할 길 없어 말을 채쳐 본진으로 행할새 철남이 천둥같이 소리하며 외쳐 왈

"너는 어디로 가느냐?"

하며 제쳐 들어 철남의 칼에 화룡이 거의 맞게 되었거늘 백선이 급히 말에 올라 칠성검을 들고 소리를 크게 질러 왈

"이놈, 어디로 행하느냐!"

하고 화룡을 구하니 철남이 분기충천(憤氣衝天)하여 백선과 합전하니 일 합이 못되어 철남의 말은 매양 코를 불며 싫어하더라. 양진 장졸이 정신을 차리지 못하더라. 삼십여 합에 승부를 결단치 못하고 날이 저물매 양진이 각각 징을 쳐 군을

을 거두더라 이날 천 장되에서 양진 진세을 구경ᄒ시더니 ᄌ 티히
ᄒ사 활룡 빅션에 손을 잡고 칭찬 왈 중ᄒ다 경등을 일즉 만
넛던들 불상한 중졸을 죽이지 아이ᄒ리료다 ᄒ시고 티연을
비셜ᄒ고 위션 각각 공을 도도더라 이날 밤 젹진 중에 철산도사
철남을 불어 왈 송 진중 활룡은 고사ᄒ고 봉션는 법상ᄒ
스롬이 아이라 조화무궁한 이임으로 잡지 못할 것시요 그 말은 찰
악손 범에 정기을 타낫시니 중군은 부티 남을 경이 여기지 말고 조
심ᄒ
라 명일 쏘홈은 신중을 불어 푸우을 불어 엿츠엿츠 ᄒ면 봉션
잡기는 어렵지 아이ᄒ리라 ᄒ고 잇튼날 철남이 진전에 나와 웨여 왈
어졘 날은 져무러 동싱에 원쑤을 갑지 못하얏건니와 오날은 결단
코 활룡 빅션을 벼혀 원쑤을 갑푸리라 ᄒ고 두 쥴 이를 갈며 쏘
홈을 도도건을 빅션이 출마할시 원수 션을 불어 당부 왈 철남은

거두더라. 이날 천자가 장대에서 양진 진세를 구경하시더니 대희하
사 화룡, 백선의 손을 잡고 칭찬 왈

"장하다! 경들을 일찍 만났던들 불쌍한 장졸을 죽이지 아니하였
으리로다."

하시고 대연을 배설하고 위선(爲先) 각각 공을 돋우더라. 이날 밤
적진 중에 철산도사가 철남을 불러 왈

"송 진중 화룡은 고사하고 봉과 선은 범상한 사람이 아니라. 조화
무궁한 사람이므로 잡지 못할 것이오. 그 말은 철악산 범의 정기를
타고났으니 장군은 부디 남을 경히 여기지 말고 조심하라. 명일 싸
움은 신장을 불러 풍우를 불러 여차여차하면 봉과 선 잡기는 어렵지
아니하리라."

하고 이튿날 철남이 진전에 나와 외쳐 왈

"어제는 날이 저물어 동생의 원수를 갚지 못하였거니와 오늘은
결단코 화룡, 백선을 베어 원수를 갚으리라."

하고 두 줄 이를 갈며 싸움을 돋우거늘 백선이 출마할새 원수가
선을 불러 당부 왈

"철남은

철산도소에 제자라 도수 진중에 잇서 훈게ᄒ니 조시ᄒ야 적진에 들지 말나 당부하더라 빅션 진전에 나서며 왈 쳘남은 들으라 너는 강보유이[39)]

라 강포만 밋고 즁원에 나와 셰자는 무삼 일로 모서 가는다 오날 위션 너를 버혀 부친에 분을 풀 거시요 ᄯ 셰즈을 모서 황숭에 근심을 드리라 ᄒ고 니달나 ᄊ와 십여 합에 쳘남이 입을 버리고 홋통ᄒ며 숨 빅 근 쳘퇴을 들고 룡쳔금을 공즁으로 날이거늘 빅션이 오는 술을 마그며 왈 너는 흉칙흔 입을 벌이지 말고 나에 칠셩금을 바드라 나에 칼이 번듯ᄒ면 너에 머리 날녀지리라 ᄒ며 ᄯ 삼십여 합에 적진 즁에서 일편 흑운이 일어나며 풍우ᄃ작ᄒ며 짓쳑을 분별치 못하는 즁에 시셕이 비 오듯하니 졍신이 혼미ᄒ야 동서을 분별치 못ᄒ고 주졔주졔ᄒ던이 압흐로 무수한 음귀 울고 신장이 머리 우에서 홋통ᄒ이 엇지 살기을 발니리요 이젹에 활룡이 니달나 구ᄒ다가 ᄯ 진즁

철산도사의 제자라. 도사가 진중에 있어 훈계하니 조심하여 적진에 들지 말라."

당부하더라. 백선이 진전에 나서며 왈

"철남은 들으라. 너는 강보유아(襁褓幼兒)라. 강포만 믿고 중원에 나와 세자는 무슨 일로 모셔 가느냐? 오늘 위선 너를 베어 부친의 분을 풀 것이오. 또 세자를 모셔 황상의 근심을 덜리라."

하고 내달아 싸워 십여 합에 철남이 입을 벌리고 호통하며 삼백 근 철퇴를 들고 용천검을 공중으로 날리거늘 백선이 오는 살을 막으며 왈

"너는 흉측한 입을 벌리지 말고 나의 칠성검을 받으라. 나의 칼이 번듯하면 너의 머리 내려지리라."

하며 또 삼십여 합에 적진 중에서 일편 흑운이 일어나며 풍우대작하며 지척을 분별치 못하는 중에 시석이 비 오듯하니 정신이 혼미하여 동서를 분별치 못하고 주저주저하더니 앞으로 무수한 음귀가 울고 신장이 머리 위에서 호통하니 어찌 살기를 바라리오.

이적에 화룡이 내달아 구하다가 또 진중에

에 ᄡ연난지라 원수 장뒤에서 보다가 말거 올나 적진을 헷치고 들어
가니 짓척을 분별치 못할너라 원수 적진 중에서 웨여 왈 빅션은 어뒤
인는다 빅션이 답 왈 형임은 나을 살이옵소서 ᄒ나 운무 중에 동싱
과 신장을 엇지 분별할이요 칼을 ᄡ지 못ᄒ고 셋더니 원수 쏘한 적진
금사진 팔십여 겹에 싸엿는지라 엇지 버서나리요 원수 앙쳔 툰 왈
우리

형졔 십 연 공부ᄒ엿다가 이졔 와 죽계 되엿시니 명쳔은 살피사 선싱을
오게 ᄒ옵소서 ᄒ고 통곡ᄒ더라 망월뒤ᄉ 웨여 왈 봉션아 그 말을
정신 일케 말나 ᄒ거늘 봉션 형졔야 정신을 그졔 치려 크게 웨여
왈 너는

비록 짐싱이니 엇지 적진 중에 ᄡ이고 정신을 치리지 못ᄒ는다 ᄒ
고 치

을 들어 히롱ᄒ니 말이 고함ᄒ고 십여 장씩 뛰여 진중에 버서나 철
남에 말을 물어치고 활룡을 ᄎᄌ 달이고 도라온이라 ᄯᅩ 잇튼날 봉션
이 호통 왈 오날은 네 목을 버히리라 ᄒ고 달여오거늘 철남이 본진으

싸였는지라. 원수가 장대에서 보다가 말에 올라 적진을 헤치고 들어가니 지척을 분별치 못할러라. 원수가 적진 중에서 외쳐 왈

"백선은 어디 있느냐?"

백선이 답하기를

"형님은 나를 살리옵소서."

하나 운무 중에 동생과 신장을 어찌 분별하리오. 칼을 쓰지 못하고 섰더니 원수 또한 적진 금사진 팔십여 겹에 싸였는지라. 어찌 벗어나리오. 원수가 앙천 탄식하기를

"우리 형제가 십 년 공부하였다가 이제 와 죽게 되었으니 명천은 살피사 선생을 오게 하옵소서."

하고 통곡하더라. 망월대사가 외쳐 왈

"봉과 선아, 그 말이 정신을 잃게 하지 말라."

하거늘 봉과 선 형제가 정신을 그제야 차려 크게 외쳐 왈

"너는 비록 짐승이나 어찌 적진 중에 싸이고 정신을 차리지 못하느냐?"

하고 채를 들어 희롱하니 말이 고함하고 십여 장씩 뛰어 진중에 벗어나 철남의 말을 물리치고 화룡을 찾아 데리고 돌아오니라. 또 이튿날 봉과 선이 호통 왈

"오늘은 네 목을 베리라."

하고 달려오거늘 철남이 본진으로

34 - 튀

로 향ᄒ다가 봉선 형제 조ᄎ가미 철남이 앙천통곡 왈 명천은 살피옵
소서 말이타국에 와 디공을 일우지 못ᄒ고 봉선에게 죽게 되엿시니
살이옵소서 ᄒ며 산곡으로 들어가건을 봉선이 조ᄎ간이 제 몸은
피ᄒ고 허인만 보이거늘 봉선이 싱각하되 적장 흉계예 ᄲᅡ진 쥴 알고
도로 힝코져 ᄒ더니 방포일성에 불이 좌우로붓타 산천을 뇌기
눈지라 이젹에 활용이 장하에 잇다가 원수 간 후에 화광이 충천
함을 보고 말을 노와 동구에 들어가 화광에 썻더니 맛춤 철남이
불을 피ᄒ여 마조 나오거늘 숨즁이 일시에 달여들어 목을 치니
철남은 아이요 초인이라 이윽고 불이 점점 들어오건을 밤은 이모 삼
경이라 아모리 할 쥴 모로다가 싱각ᄒ고 선싱에 주던 붓치을 니
여 ᄶᅥ구로 잡고 물 슛 지 삼 지을 씨니 이윽고 서으로 흑운이 일
어나며 일진풍우 디작ᄒ야 그 불을 소멸ᄒ지라 이젹 황졔

향하다가 봉과 선 형제가 쫓아가매 철남이 앙천통곡 왈

"명천은 살피옵소서. 만리타국에 와 대공을 이루지 못하고 봉과 선에게 죽게 되었으니 살리옵소서."

하며 산곡으로 들어가거늘 봉과 선이 쫓아가니 제 몸은 피하고 허인만 보이거늘 봉과 선이 생각하되 적장 흉계에 빠진 줄 알고 도로 행코자 하더니 방포일성에 불이 좌우로부터 산천을 녹이는지라.

이적에 화룡이 장하에 있다가 원수 간 후에 화광이 충천함을 보고 말을 놓아 동구에 들어가 화광에 싸였더니 마침 철남이 불을 피하여 마주 나오거늘 삼장이 일시에 달려들어 목을 치니 철남은 아니요, 초인이라. 이윽고 불이 점점 들어오거늘 밤은 이미 삼경이라. 아무리 할 줄 모르다가 생각하고 선생이 주던 부채를 내어 거꾸로 잡고 물 수(水) 자 세 자를 쓰니 이윽고 서쪽으로 흑운이 일어나며 일진풍우 대작하여 그 불을 소멸한지라.

이적 황제가

화광이 충천함을 보고 앙천 탄 왈 봉선 형제 봉선 형제 저 산속에 갓치 녹인이 닐

로 하야곰 젹병을 처 물이치리요 ᄒ시고 자결코저 ᄒ거늘 종셕이 엿자

오되 봉선 형졔은 그 화을 피ᄒ올 듯ᄒ오니 황상은 옥쳬을 안보ᄒ옵소서 ᄒ고 위로하더라 오경은 ᄒ야 진즁이 요란ᄒ며 일원 ᄃᆔ즁이 필마단기로

들어오건늘 소 진즁에서 원수 오난가 ᄒ야 본게이 보이 원수는이요 쳘남

이 룡쳔금을 들고 홋통 왈 즁국 왕 ᄲᅡ이 항복할라 ᄒ며 장ᄉ 십여명을 버히고 회힝ᄒ건을 종셕이 죽기로써 막으나 엇지 당하리요 이젹에 봉선 형졔 활용이 불을 피하야 오나 길에 젹진에 들어가니 쳘남이 간 ᄃᆡ

업건을 이놈이 우리을 유인하야 산곡으로 보너고 황졔 게신 ᄃᆡ 갓도다 ᄒ

고 급히 오던니 젹진 즁에서 소리ᄒ여 왈 원수난 나을 살여쥬옵소서 ᄒ니 이는 셰즈라 수족을 요동치 못하게 ᄒ엿건늘 원수 셰즈을 달이고 본진으로 도라올새 쳘남이 삼지창을 들고 황상을 저우며 항복

화광이 충천함을 보고 앙천 탄식하기를

"봉과 선 형제, 봉과 선 형제. 저 산속에 같이 녹이니 뉘로 하여금 적병을 쳐 물리치리오."

하시고 자결코자 하거늘 종석이 여쭈되

"봉과 선 형제는 그 화를 피할 듯하오니 황상은 옥체를 안보하옵소서."

하고 위로하더라. 오경은 하여 진중이 요란하며 일원 대장이 필마단기로 들어오거늘 송 진중에서 원수가 오는가 하여 반갑게 보니 원수가 아니요, 철남이 용천검을 들고 호통 왈

"중국 왕, 빨리 항복하라."

하며 장사 십여 명을 베고 회행하거늘 종석이 죽기로써 막으나 어찌 당하리오.

이적에 봉과 선 형제, 화룡이 불을 피하여 오는 길에 적진에 들어가니 철남이 간데없거늘

"이놈이 우리를 유인하여 산곡으로 보내고 황제 계신 데 갔도다."

하고 급히 오더니 적진 중에서 소리하여 왈

"원수는 나를 살려 주옵소서."

하니 이는 세자라. 수족을 요동치 못하게 하였거늘 원수가 세자를 데리고 본진으로 돌아올새 철남이 삼지창을 들고 황상을 겨누며 항복하라

ᄒ라 ᄒᄂ 소리 진동ᄒᄂ지라 황상이 룡포 ᄌ락을 ᄻ여 ᄯᆞ에 놋코 통곡ᄒ

건을 봉선 훗통ᄒ며 왈 철남은 우리 황상을 힛치 말라 봉선 형졔 들어

오노라 달여들어 칠성금이 번듯ᄒ며 철남에 창든 팔이 ᄯᆞ에 ᄯᅥ러지기를 철

이 경황ᄒ야 본진으로 달아나더라 수원 셰잘을 안고 말게 날여 황상게

복지 주 왈 소장이 철부지하와 격장 흠계예 ᄲᅢ잣던이 그간 황상이 질욕 ᄇ드믄

다 소장에 죄로소이다 황졔 황망 즁에 봉선이 말을 듯고 정신을 칠여 봉선

에 손을 잡고 왈 그딘 귀신인가 그려ᄒᆞᆫ 불을 엇지 면ᄒ연ᄂᆞ다 ᄒ시며 셰ᄌ

하는 소리 진동하는지라. 황상이 용포 자락을 떼어 땅에 놓고 통곡하거늘 봉과 선이 호통하며 왈

"철남은 우리 황상을 해치지 말라. 봉과 선 형제 들어오노라."

달려들어 칠성검이 번듯하며 철남의 창 든 팔이 땅에 떨어지거늘 철남이 경황하여 본진으로 달아나더라. 원수가 세자를 안고 말에서 내려 황상께 엎드려 아뢰기를

"소장이 철없사와 적장 흉계에 빠졌으니 그간 황상이 질욕 받음은 다 소장의 죄로소이다."

황제가 황망 중에 봉과 선의 말을 듣고 정신을 차려 봉과 선의 손을 잡고 왈

"그대는 귀신인가? 그러한 불을 어찌 면하였는가?"

하시며 세자를

을 도라보와 왈 엇지ᄒ야 완ᄂ다 봉선이 쥬 왈 신이 오ᄂ 길에 철남을 취교

져 적진에 들어간직 철남 업삽고 오난 길에 세ᄌ을 모서 완나이다 ᄒ고 왈

소장이 악게 소중을 버히고 이 철남 황상에 근심 들기로 딕세ᄌ을 모습

기로 창 등 팔만 쎄옵고 노와 보낸나이다 이 질노 적장 버혀 밧칠이다 ᄒ고

말게 올아 적진을 헷치고 들어가 철남을 차지니 발서 도망ᄒ고 업ᄂ지라

돌아보아 왈

"어찌하여 왔는가?"

봉과 선이 아뢰기를

"신이 오는 길에 철남을 치고자 적진에 들어간즉 철남이 없삽고 오는 길에 세자를 모셔 왔나이다."

하고 왈

"소장이 아까 소장을 베고 보니 철남이 황상의 근심 들기로 대세 자를 모시기에 창 든 팔만 떼옵고 놓아 보냈나이다. 이 길로 적장을 베어 바치리다."

하고 말에 올라 적진을 헤치고 들어가 철남을 찾으니 벌써 도망하고 없는지라.

원수 불료ᄒ야 중사 슈빅 명과 군병 만여 원을 버히고 나무 장사 슈빅 명

을 수금ᄒ야 본진으로 도라와 황졧게 엿ᄌ오되 철남은 망명도쥬ᄒ옵고

젹장 쳔여 원을 버히고 나문 중사 슈빅 명 좁아완나이다 황졔 들으시고 층

찬 왈 경등은 쳔ᄒ 명중이요 모고튱신이라 ᄒ시더라 원수 장뎌예 나와

젹장 수빅 원을 수죄한 후에 왈 너에 들으라 ᄒ갓 강포만 밋고 중원 범ᄒ

죄을 론짓컨디 살지무석[40]이로디 갑즈연 난에 부친이 너날랄에 가셔 수토

을 잡사기로 그 여고로 빅방ᄒᆫ이 글이 알고 쏘ᄒᆫ 문나이 나에 부친이 지

원수가 분노하여 장수 수백 명과 군병 만여 원을 베고 남은 장수 수백 명을 수금하여 본진으로 돌아와 황제께 여쭈되

"철남은 망명도주하옵고 적장 천여 원을 베고 남은 장수 수백 명을 잡아왔나이다."

하니 황제가 들으시고 칭찬 왈

"경들은 천하의 명장이요, 만고충신이라."

하시더라. 원수가 장대에 나와 적장 수백 원을 수죄한 후에 왈

"너희는 들으라. 한갓 강포만 믿고 중원을 범한 죄를 논죄컨대 살지무석(殺之無惜)이로되 갑자년 난에 부친이 네 나라에 가서 수토를 잡수시기로 그 연고로 백방하니 그리 알고 또한 묻나니 나의 부친이 지금

금 에뎌 게시며 너히 이리 올 쎄예 일향ᄒ시던야 적장이 일시 고왈 소장

등이 죽을 쎄을 당하야 위국서 상을 모시고 고국으로 가올 제 위국 궁예 십여 명을 달이고 갑삽기로 승상께서 외로우실하야 궁예 일인으로

방수[41]을 정ᄒ엿사오니 소장 등 쎠 올 쎄예 물양ᄒ시더이다 원수 들으시

고 체읍 왈 말이타국에 부친을 두고 모시지 못하오니 엇지 남에 ᄌ식

어디 계시며, 너희가 이리 올 때에 일향하시더냐?"

적장들이 일시에 고하기를

"소장들이 죽을 때를 당하여 위국에서 상을 모시고 고국으로 가올 제 위국 궁녀 십여 명을 데리고 갔삽기로 승상께서 외로우실까 하여 궁녀 일인으로 방수(房守)를 정하였사오니 소장들이 떠나올 때에 무양하시더이다."

원수가 들으시고 체읍 왈

"만리타국에 부친을 두고 모시지 못하오니 어찌 자식이라

이라 호이요 너에 등은 먼저 가 호왕달여 이로디 니가 이 질노 들어가 부친을 모시고 올 터이니 호왕이 픠군홈을 분이 여겨 만일 나에 부친을

일분도 히롭게 호면 니 들어가 너에 날라을 소멸홀 거시니 글이 알고 말을 전호라 젹장이 고두살예호고 셩덕을 칭찬호더라○이젹에 황졔 디연을 비셜호야 각각 공을 이노고호 문과을 뵈올시 봉션 활룡이 할임

학사 되여 즁안디도 상에 춘광을 히롱할시 즁안 만민이 칭찬 아이하는 지 업더라 이령져령 여러 날이 되여 숨인이 한 쳐소에 머물시 일일은 한 할

임이 빅 할임다려 그디 숭봉한 지 올애디 진즁에세 종룡한 쎠 업서 담화도 못하엿노라 호고 왈 니 오난 길에 날이 져무러 그디 집에 호로밤

유슉호고 완로라 형은 어디서 공부하엿시며 어디서 완나이가 빅 할임이

왈 니 형졔은 집을 더난 지 오류 연 만에 도라와 셔변에 난을 만니 집이 다 비엿건을 부인 거쳐을 몰노왓건니와 형은 엇지 니 집인 쥴 알며

하리오. 너희들은 먼저 가 호왕더러 이르되 내가 이 길로 들어가 부친을 모시고 올 터이니 호왕이 패군함을 분히 여겨 만일 나의 부친을 일분(一分)이라도 해롭게 하면 내가 들어가 너의 나라를 소멸할 것이니 그리 알고 말을 전하라."

적장이 고두사례(叩頭謝禮)하고 성덕을 칭찬하더라.

이적에 황제가 대연을 배설하여 각각 공을 의논하고 문과를 뵈올새 봉과 선, 화룡이 한림학사가 되어 장안대도 상에 춘광을 희롱할새 장안 만민이 칭찬 아니하는 자 없더라.

이러저러 여러 날이 되어 세 사람이 한 처소에 머물새 일일은 한 한림이 백 한림더러

"그대 상봉한 지 오래되나 진중에서 조용한 때가 없어 담화도 못하였노라."

하고 왈

"내 오는 길에 날이 저물어 그대 집에 하룻밤 유숙하고 왔노라. 형은 어디서 공부하였으며 어디서 왔나이까?"

백 한림이 왈

"내 형제는 집을 떠난 지 오륙 년 만에 돌아와 서번의 난을 만나 집이 다 비었거늘 부인 거처를 몰랐거니와 형은 어찌 내 집인 줄 알며

어은 날 지닌나잇가 한 활임이 왈 모월 모시 지닛거이와 부인게서 니 지님

을 시비 옥난에게 들고 왈 우리집 공즈도 에데 가서 저럿케 다니난 가 ㅎ시며

주야로 서러ㅎ시니 나도 부모 업서 자연 비감ㅎ야 밤에 줌을 일우 지 못

ㅎ고 날이 시미 시비 옥난달여 그 연고을 물러 형에 출타함을 알고 여 부인께서 미양 문에 이지ㅎ야 날노 형 오기을 기달이신다 흠을 알고 완나

이다 흔대 빅 할임 이 말을 듯고 이통 왈 우리 모친임은 어디 가서 죽언

논가 사라 우리 형졔을 싱각ㅎ시는가 어는 쎄예 다시 만너리요 ㅎ며 수말

이 타국에 부친을 두고 난즁에 모친을 일엇시니 엇지 남에 즈식이 라 ㅎ

리요 ㅎ고 슬피 운이 한 활님이 위로 왈 형은 츌신 효자라 옌말에 ㅎ 얏시되 나라를 위하는 자는 집을 도라보지 아이혼다 하얏시이 형 은 넘우 슬어 말라 한디 빅 할님이 우름을 긋치고 왈 형이 일야 유슉ㅎ얏시면 시비 일음미 옥난인 줄 엇지 알며 나에 못친이 여

어느 날 지냈나이까?"

한 한림이 왈

"모월 모시에 지냈거니와 부인께서 내가 지냄을 시비 옥난에게 듣고 말씀하시기를 우리 집 공자도 어디 가서 저렇게 다니는가 하시며 주야로 슬퍼하시니 나도 부모가 없어 자연 비감하여 밤에 잠을 이루지 못하고 날이 새매 시비 옥난더러 그 연고를 물어 형의 출타함을 알고 여 부인께서 매양 문에 의지하여 날로 형 오기를 기다리신다 함을 알고 왔나이다."

한대 백 한림이 이 말을 듣고 애통 왈

"우리 모친님은 어디 가서 죽었는가? 살아 우리 형제를 생각하시는가? 어느 때에 다시 만나리오."

하며

"수만 리 타국에 부친을 두고 난중에 모친을 잃었으니 어찌 자식이라 하리오."

하고 슬피 우니 한 한림이 위로 왈

"형은 출신 효자라. 옛말에 하였으되 '나라를 위하는 자는 집을 돌아보지 아니한다.' 하였으니 형은 너무 슬퍼 말라."

한대 백 한림이 울음을 그치고 왈

"형이 일야(一夜) 유숙(留宿)하였으면 시비 이름이 옥난인 줄 어찌 알며 나의 모친이

부인인 줄 엇지 아는잇가 답 왈 쥬인 업는 공당에 잇시미
시비 옥난이 나와 접딕ᄒ기로 아랏시며 형 딕 가서도 티궁 알언나
이다 왈 형 딕 가술이 다 업심미 가사는 뉘가 보는잇가 답 왈 못
친이 업시민 부인이 및씨을 달이고 갓심민 시비 옥나이 혼ᄌ 집을
직히고 잇심을 알고 왓나이다 홀임이 소졔 갓단 말을 들고 화
겨혼 수싴이 잇건늘 할님이 닉렴에 헤아리되 옥난이 비록 천
비나 얼골이 기묘ᄒ기로 옥난과 속이잇쏘다 옥난에 말을
ᄒ니 글어혼가 ᄒ며 졍이는 형제 갓더라 여려 날이 지닉
민 빅 할님이 황졔께 엿자오디 호왕을 황복밧지 안이
ᄒ면 쏘 후환이 잇실 듯ᄒ오니 족히 발힝할가 ᄒ나이
다 황제 갈아사디 경등은 속히 돌아오라 ᄒ
시고 직시 빅봉으로 디원수을 졔수ᄒ시건늘 빅

여 부인인 줄 어찌 아나이까?"

답하기를

"주인 없는 공당에 있으매 시비 옥난이 나와 접대하기로 알았으며 형 댁에 가서도 대강 알았나이다."

왈

"형 댁 가솔이 다 없으매 가사는 누가 보나이까?"

답 왈

"모친이 없으매 부인이 매씨(妹氏)를 데리고 갔으니 시비 옥난이 혼자 집을 지키고 있음을 알고 왔나이다."

한림이 소저가 갔다는 말을 듣고 확연한 수색이 있거늘 한림이 내념에 헤아리되

'옥난이 비록 천비나 얼굴이 기묘하기로 옥난과 속이었도다.'

옥난의 말을 하니 그러한가 하며 정은 형제 같더라.

여러 날이 지나매 백 한림이 황제께 여쭈되

"호왕을 항복받지 아니하면 또 후환이 있을 듯하오니 족히 발행할까 하나이다."

황제 가라사대

"경들은 속히 돌아오라."

하시고 즉시 백봉으로 대원수를 제수하시거늘 백봉이

봉이 주 왈 거번 싸홈은 신이 외람이 선봉을 하얏건이와 이번을
당하얀 활용을 선봉을 정하옵소서 황졔 올히 여겨 활용으로
뎌원수를 봉하시고 갈아사뒤 경에 형졔는 말이타국에 그저 가리요
흥시고 빅봉으로 위국 겸 호국안찰사을 제수하시고 빅션으로 중국
안찰사을 제수하시고 황졔 직시 장졸을 퇴출하여 주시고 어주
삼비을 권하며 왈 말이 험지에 무사이 도라옴을 바리로라 하시
며 궐문 박게 나와 전송하시니 원수 하직하고 힝군하여 나올
시 압혜 뎌장기을 세웟시되 황금 뎌자로 뎌국뎌사마 뎌도독 뎌
원수는 한화룡이요 겸 호국안찰사 빅봉이요 뎌국안찰사
는 빅션이라 하여더라 힝군한 지 수일 만의 반게촌 본가
에 일으니 마음미 자연 비감하여 심품을 이기지 못할너라 이
이적에 옹난이 홀노 집을 직히고 전장의 간 후로 밤마다 넝수

아뢰기를

"저번 싸움은 신이 외람되이 선봉을 하였거니와 이번에는 화룡을 선봉으로 정하옵소서."

황제가 옳게 여겨 화룡으로 대원수를 봉하시고 가라사대

"경의 형제는 만리타국에 그저 가리오."

하시고 백봉으로 위국 겸 호국안찰사를 제수하시고 백선으로 중국 안찰사를 제수하시고 황제가 즉시 장졸을 택출하여 주시고 어주 삼배를 권하며 왈

"만 리 험지에서 무사히 돌아오기를 바라노라."

하시며 궐문 밖에 나와 전송하시니 원수가 하직하고 행군하여 나올새 앞에 대장기를 세웠으되 황금 대자로

대국대사마 대도독 대원수는 한화룡이요, 겸 호국안찰사 백봉이요, 대국안찰사는 백선이라.

하였더라. 행군한 지 수일만에 반계촌 본가에 이르니 마음이 자연 비감하여 슬픔을 이기지 못할러라.

이적에 옥난이 홀로 집을 지키고 전장에 간 후로 밤마다 냉수를

를 써다 놋코 하날게 축수하되 울리 티 공자는 장에 가 티
공을 일운 후에 안찰사로 각도 각읍에 선악을 살펴시고 방방
곳곳이 단이며 여 부인과 소제를 차지시고 호국에 가 세 승상을
모시게 하옵소서 흐며 주야 비더니 일일은 박게 들너난 소리 나건
늘 급히 나가보니 공즈 금안쥰마에 타고 외당에 유슉흐던 공즈
달이고 왓건늘 닐달라 울며 왈 전장에 가 성공흐시고 금에환
힝흐오나 승상과 부인 안이 게시니 무삼 영화라 흐리요 업더져 잇
통흐니 할님이 더욱 비감흐여 옥난에 손을 잡 왈 나난 이 길로 호
국에 들어가 승상과 부인을 모시고 올 거신이 너는 그간 집
을 직히고 잇시라 흐고 써나난 양은 로쥬간 갓지 안이흐더
라 옥난이 십이 박게 나와 전송흐며 왈 승상을 모시
고 속히 돌아오심늘 발러나이다 흐더라

떠다 놓고 하늘께 축수하되

"우리 댁 공자는 전장에 가 대공을 이룬 후에 안찰사로 각도 각읍에 선악을 살피시고 방방곡곡에 다니며 여 부인과 소저를 찾으시고 호국에 가 세 승상을 모시게 하옵소서."

하며 주야로 빌더니 일일은 밖에서 들리는 소리가 있거늘 급히 나가 보니 공자가 금안준마에 타고 외당에 유숙하던 공자를 데리고 왔거늘 내달아 울며 왈

"전장에 가 성공하시고 금의환향(錦衣還鄉)하오나 승상과 부인이 아니 계시니 무슨 영화라 하리오."

엎어져 애통하니 한림이 더욱 비감하여 옥난의 손을 잡고 왈

"나는 이 길로 호국에 들어가 승상과 부인을 모시고 올 것이니 너는 그간 집을 지키고 있으라."

하고 떠나는 양은 노주(奴主) 간 같지 아니하더라. 옥난이 십 리 밖에 나와 전송하며 왈

"승상을 모시고 속히 돌아오심을 바라나이다."

하더라.

각셜 이젹에 부인이 이운경에 집에 가 잇셔 가군과 ᄌᆞ식 생각하며 쥬
야 슬어ᄒᆞ난 중에 소졔 연광이 이십여 셰라 고국은 아니요 사고
무친척한 타국에 와 져 갓튼 비필을 어데가 구할리요 한탄ᄒᆞ
더라 이젹에 운경에 선조께셔 국젼 삼만 양을 씨고 흔젹이 읍
더니 운경이 요부하단 말을 듯고 위국에서 운경을 잡바다가 국
젼 삼만 양을 올일세 가산이 탕퓌ᄒᆞ여 집도 업서졋거를 여 부
인이 할일업서 소졔을 달이고 향향을 힁하여 셧천을 배리고 가
다가 들으믹 중국 아직 난이 미진하엿다 ᄒᆞ건을 부인 질에 안자
타 왈 도젹이 사처에 만아 남ᄌ 아이라 너을 달이고 어데로 가리
요 ᄒᆞ고 소졔을 달이고 종일토록 가되 인가은 읍고 첩첩산곡
에 수목은 창천한데 존존한 신닉물은 석상에 흘어가고 실
피 우는 잔닉비는 객회을 자아닉는지라 점점 들어간니 신닉가에

각설. 이적에 부인이 이운경의 집에 가 있어 가군과 자식을 생각하며 주야 슬퍼하는 중에 소저 연광이 이십여 세라.

"고국은 아니요, 사고무친척(四顧無親戚)한 타국에 와 저 같은 배필을 어디가 구하리오."

하고 한탄하더라.

이적에 운경의 선조께서 국전 삼만 냥을 쓰고 흔적이 없더니 운경이 요부하단 말을 듣고 위국에서 운경을 잡아다가 국전 삼만 냥을 올릴새 가산이 탕패하여 집도 없어졌거늘 여 부인이 하릴없어 소저를 데리고 고향을 향하여 서천을 바라고 가다가 들으니 중국에 아직 난이 미진하였다 하거늘 부인이 길에 앉아 탄식 왈

"도적이 사처에 많아 남자가 아닌 너를 데리고 어디로 가리오."

하고 소저를 데리고 종일토록 가되 인가는 없고 첩첩산곡에 수목은 창천한데 잔잔한 시냇물은 석상에 흘러가고 슬피 우는 잔나비는 객회를 자아내는지라. 점점 들어가니 시냇가에

인적이 인는지라 일변 반겨하며 살펴보니 한 스룸이 머리에 흑
권을 씨고 몸에 흑삼을 입고 걸방을 지고 총을 미고 숩풀을 이지
하여 안잣건을 생전 보던 바 츠움이라 소졔 부人을 도라보고 저 시니
가에 안잔 거시 사롬도 아이요 짐생도 아이라 그 무으이님가 한더
부人
이 그렇치 안이하야도 소졔을 압세우고 심심산곡에 들어옴이
황황하던 추에 소졔 놀닉는 양을 보고 은신하여 갈으친 터을 보
니 두엇신 안잣시되 온 몸이 검어 잠시라도 바로 보지 못할러라
쏘 한편에서 웨여 왈 거게 간다 총로어라 흐건을 부人이 더욱 황
급하여 헤알이되 스처에 도적이 잇다 흐던이 이거시 아미 로약
군이로다 흐고 글리로 향하여 비러 왈 우리는 일신에 가진
거시 업삽고 난중에 즛식을 일코 산간에 들어와건니 우리
는 아모 죄도 업나이다 흐며 익갈하건을 포수 안자 봄이

인적이 있는지라. 일변 반겨하며 살펴보니 한 사람이 머리에 흑건을 쓰고 몸에 흑삼을 입고 질빵을 지고 총을 메고 수풀을 의지하여 앉았거늘 생전 보던 바 처음이라. 소저가 부인을 돌아보고

"저 시냇가에 앉은 것이 사람도 아니요, 짐승도 아니라. 그 무엇이니까?"

한대 부인이 그렇지 아니하여도 소저를 앞세우고 심심산곡에 들어오매 황황하던 차에 소저가 놀라는 양을 보고 은신하여 가리킨 데를 보니 두엇이 앉았으되 온몸이 검어 잠시라도 바로 보지 못할러라.

또 한편에서 외쳐 왈

"거기 간다. 총 놓아라."

하거늘 부인이 더욱 황급하여 헤아리되

"사처에 도적이 있다 하더니 이것이 아마 노략꾼이로다."

하고 그리로 향하여 빌어 왈

"우리는 일신에 가진 것이 없삽고 나중에 자식을 잃고 산간에 들어왔으니 우리는 아무 죄도 없나이다."

하며 애걸하거늘 포수가 앉아서 보매

그 정상이 체양ᄒ여 참아 보지 못할너라 ᄆ조 나와 곡절을 물
으리라 ᄒ고 나오니 부인이 더옥 터겁하여 손을 들어 드옥 애걸
하건을 포슈 왈 나는 도젹 아니요 산즁에 들어와 잡새 잠
는 스룸이로소이다 ᄒ티 그계야 도젹 아인 줄 알고 문 왈 이곳은 어
터오며 우리는 길을 일엇사오 어터 가면 인가 인나잇가 ᄒ티 포
슈 왈 어터로 가시는지는 모으갯시나 이곳은 스룸이 임으로 츌
입 못하는지라 부인 저 산을 넘어가면 인가 인나이 속히 가옵소셔
ᄒ고 부이는 험노에 오시기 오직 시장ᄒ시오릿가 ᄒ고 걸방을 글
어 밥을 너여 쥬건을 부인 층찬 왈 산즁흠로에 허기을 만너
더니 요기을 하엿시니 은혜은 빅골난망이로소이다 ᄒ고 포
슈 가르치는 산을 너어 가니 일낙서산ᄒ고 슉조 투림이라
만학천봉 운심처에 여산 폭포난 장천에 걸어 구용소에 탕

그 정상이 처량하여 차마 보지 못할러라. 마주 나와 곡절을 물으리라 하고 나오니 부인이 더욱 대겁하여 손을 들어 더욱 애걸하거늘 포수 왈

"나는 도적이 아니요, 산중에 들어와 잡새 잡는 사람이로소이다."

하대 그제야 도적 아닌 줄 알고 묻기를

"이곳은 어디오며 우리는 길을 잃었사오니 어디로 가면 인가가 있나이까?"

한대 포수 왈

"어디로 가시는지는 모르겠으나 이곳은 사람이 임의로 출입 못하는지라. 부인이 저 산을 넘어가면 인가가 있나니 속히 가옵소서."

하고

"부인은 험로에 오시기에 오죽 시장하시오리까?"

하고 질빵을 걸어 밥을 내어 주거늘 부인이 칭찬 왈

"산중험로에 허기를 만났더니 요기를 하였으니 은혜는 백골난망이로소이다."

하고 포수가 가리키는 산을 넘어가니 일락서산하고 숙조투림이라. 만학천봉 운심처에 여산 폭포는 장천에 걸려 구룡소에 탕탕이

탕이 날여지고 좌우는 티산이요 질은 긋어젼는지라 부인
이 소졔 손을 잡 왈 우리 모예는 잇디것짐 잔명을 보젼ᄒᆞ다
가 이 산에 들어와 죽을 쥴 아랏시리요 실푸다 봉션 형졔
을 다시 만너지 못하고 쳥산고혼이 되리로다 ᄒᆞ고 통곡
한디 소졔 위로 왈 거이 십이나 들어왓사오니 져게 져 산
이나 너어가 볼사이다 ᄒᆞ고 손을 잇끌고 가되 인가는 업고 드욱 흠
라 부인이 타 왈 우리 모자는 쳔생이 무슴 죄로 인생에 모예
되여 나서 이다시 고생ᄒᆞᆫ고 ᄒᆞ며 봄을 지릴새 엇지 갈연
치 아니할이요 맛참 날이 발건을 ᄶᅩ 가던이 한 집 잇시미
들어가 요기을 쳥ᄒᆞ고 왈 우리난 어젠 질을 일고 산간에 유
슉ᄒᆞ고 오미 노독이 심ᄒᆞ오니 일야 유슉할가 ᄒᆞ나다
쥬인이 왈 글어ᄒᆞ면 조흘 듯ᄒᆞ나 니 집은 유고[42]ᄒᆞ오니 무가

내려지고 좌우는 태산이요, 길은 끊어졌는지라.

부인이 소저의 손을 잡고 왈

"우리 모녀는 이제까지 잔명을 보전하다가 이 산에 들어와 죽을 줄 알았으리오. 슬프다, 봉과 선 형제를 다시 만나지 못하고 청산고혼이 되리로다."

하고 통곡한대 소저가 위로 왈

"거의 십 리나 들어왔사오니 저기 저 산이나 넘어가 보사이다."

하고 손을 이끌고 가되 인가는 없고 더욱 험로라. 부인이 애가 타서 왈

"우리 모자는 천생이 무슨 죄로 인생에 모녀 되어 나서 이다지 고생하는고?"

하며 밤을 지낼새 어찌 가련치 아니하리오. 마침 날이 밝거늘 또 가더니 한 집이 있으매 들어가 요기를 청하고 왈

"우리는 어제 길을 잃고 산간에 유숙하고 오매 노독이 심하오니 일야(一夜) 유숙(留宿)할까 하나이다."

주인이 왈

"그러하면 좋을 듯하나 내 집은 유고하오니

너[43]하로소이다 혼디 부인이 할이업서 써나 삼일을 가든이 산
곡으로 한 노승이 나와 뵈여 왈 황셩 빅 승상 부인이 아니심
인가 오시는 쥴은 별셔 알아시되 노승 각역이 업셔 멸이 나와 맛
지 못하오니 황공무지로소이다 부인이 왈 디사는 황셩 사는 쥴
아란나잇가 농승이 왈 소승는 망월디사 흐건이와 주연 아느이
다 흐고 바랑에 차과을 니여 쥬건을 머근이 인간 음식이 아이
라 소졔 왈 속긱이 션경을 범흐엿시니 황송흐여이다 디스
왈 소졔은 인간 고싱은 다 하엿시되 날과 갓치 삼 연
을 고생홀 터이니 엇지 하올이갓 소졔 답 왈 산곡에 와 도

어찌할 수 없소이다."

한대 부인이 하릴없어 떠나 삼일을 가더니 산곡으로 한 노승이 나와 뵈어 왈

"황성 백 승상 부인이 아니시니까? 오시는 줄은 벌써 알았으되 노승이 각력이 없어 멀리 나와 맞지 못하오니 황공무지로소이다."

부인이 왈

"대사는 황성 사는 줄 알았나이까?"

노승이 왈

"소승은 망월대사라 하거니와 자연 아나이다."

하고 바랑의 차과를 내어 주거늘 먹으니 인간 음식이 아니라. 소저 왈

"속객(俗客)이 선경을 범하였으니 황송하여이다."

대사 왈

"소저는 인간 고생은 다 하였으되 나와 같이 삼 년을 고생할 터이니 어찌 하오리까?"

소저가 답하기를

"산곡에 와

승을 만너도 황송크던 쏘 삼 연을 유하라 ᄒ오이 더욱 황
송하여이다 디스 왈 삼 연 머무기 황송ᄒ다 ᄒ오면 나는 소
졔 딕에 황금 숨만 양을 엇지 가져 왓실잇가 소졔 왈 니 집은

도승을 만나도 황송커든 또 삼 년을 유하라 하오니 더욱 황송하오
이다."

대사 왈

"삼 년 머물기 황송하다 하오면 나는 소저 댁의 황금 삼만 냥을
어찌 가져왔으리까?"

소저 왈

"내 집은

본디 빈한하건을 엇지 황금 삼만 양을 가져 왓시릿가 디
사 답 왈 소졔 조부임게셔 위국 안찰을 오실 디예 소승
졀에 황금 삼만 양을 시쥬ᄒ시고 가션나이다 부인과
소졔 듣고 신기이 역여 디사을 짜라 들어가니 경개 졀
승ᄒ여 별유천지비인간이라 졀문 밧게 달다으니
황금 디자로 둘여시 쌕여시되 금봉산 화션암이라 ᄒ엿
더라 들어간이 졔승 등이 나와 마자 반게ᄒ더라 긱관에
좌졍 후에 셕반을 들이견을 음식 졍결ᄒ미 인간 음
식이 안이라 망월디ᄉ 부인과 소졔을 달이고 졍결ᄒ 방
에 머물미 심이 종뇽ᄒ여 세상살을 모을려라 일일은 부
인이 왈 나는 ᄌ식 공부 가와 육칠 연이 되엿시되 소식
이 망연ᄒ고 ᄯᅩ 가화을 만너니 몸이 외로이 잇시민

본디 빈한하거늘 어찌 황금 삼만 냥을 가져왔으리까?"

대사가 답하기를

"소저 조부님께서 위국 안찰을 오실 때에 소승 절에 황금 삼만 냥을 시주하시고 가셨나이다."

부인과 소저가 듣고 신기히 여겨 대사를 따라 들어가니 경개 절승 하여 별유천지비인간(別有天地非人間)이라. 절문 밖에 다다르니 황금 대자로 뚜렷이 새겼으되 '금봉산 화선암'이라 하였더라. 들어가 니 제승 등이 나와 맞아 반겨하더라.

객관에 좌정 후에 석반을 들이거늘 음식 정결함이 인간 음식이 아니라. 망월대사가 부인과 소저를 데리고 정결한 방에 머무르매 심히 조용하여 세상사를 모를러라.

일일은 부인이 왈

"나는 자식이 공부 간 지 육칠 년이 되었으되 소식이 망연하고 또 가화를 만나 몸이 외로이 있으매

ᄌ식 생사을 엇지 알이요 ᄒ며 슬허ᄒ건을 디사 왈 부인
은 조심 마옵소서 쇼승이 공자을 아지 못ᄒ되 장즁에 들
어가 선생을 만니 슐법을 비와시면 억만 진즁에 들어가 노
아도 염여 업실 거시요 공자는 삼연 후면 부모을 만닐 겨시요
오리지 아이ᄒ면 명망이 죠야에 진동할 거시오니 글이 아옵소
서 ᄒ더 부인 디사 명감이 잇시면 엇지 일시라도 맘음올
놋쏘오리갓 ᄒ고 세월을 보니더라○각셜 이젹에 원슈 힝
군ᄒ여 위국에 달달으니 위왕 삼심 니 밧게 나와 마ᄌ 궐니에
들어가 여필 좌정 후에 위왕이 왈 소왕이 박덕ᄒ여
갑자연 분에 서번에 난을 만니 상공에 부친이 와옵셔 진심
각역하옵다가 부힝이 구하지 못하옵고 츙졀을 국궤
하사 호국에 갓사오니 소왕이 엇지 일신들 잇사올잇가

자식 생사를 어찌 알리오."

하며 슬퍼하거늘 대사 왈

"부인은 조심 마옵소서. 소승이 공자를 알지 못하되 장중에 들어가 선생을 만나 술법을 배웠으면 억만 진중에 들어가 놓아도 염려 없을 것이오. 공자는 삼 년 후면 부모를 만날 것이요, 오래지 아니하면 명망이 조야에 진동할 것이오니 그리 아옵소서."

한대 부인이

"대사 명감이 있으면 어찌 일시라도 마음을 놓으리까?"

하고 세월을 보내더라.

각설. 이적에 원수가 행군하여 위국에 다다르니 위왕이 삼십 리밖에 나와 맞아 궐내에 들어가 예필 좌정 후에 위왕이 왈

"소왕이 박덕하여 갑자년 분에 서번의 난을 만나 상공의 부친이 오셔 진심갈력하옵다가 불행히 구하지 못하옵고 충절을 굳게 하사호국에 갔사오니 소왕이 어찌 일시인들 잊사오리까?

오날날 상공을 보오니 도로여 황공ᄒ옵건이와 이는 다 소
왕에 죄로소다 할임이 왈 이난 다 천수관뒤 엇지 원망홀
이요 위왕이 왈 숭공거서 상뒤로 소왕에 국에 오시니 아미도
무삼 이연이 인난가 ᄒ교 직시 뒤연을 비설ᄒ고 제장군졸
을 호게 ᄒ시더라 일일은 위왕 할임달여 왈 듯사오니 스공
형졔쎄셔 활난 즁에 아직 취척 못하엿다 ᄒ오니 소왕이 일
여을 두엇시니 방연 이십 칠셰라 직질이 족히 군ᄌ을 밧
음직ᄒ오미 숭공 형졔ᄂ 소왕에 바리는 바을 져바리지 마옵
소셔 할임이 왈 위왕쎄셔 그자시 생각ᄒ시니 황공무
지로소이다 훈뒤 위왕이 뒤히하더라 여러 날이 되미 항
군할여 한뒤 위왕이 왈 말이 전장에 엇지 장졸업시
갈이요 ᄒ며 로장 쳐여원과 정병 삼만을 달이고 삼십

오늘 상공을 보오니 도리어 황공하옵거니와 이는 다 소왕의 죄로소이다."

한림이 왈

"이는 다 천수건대 어찌 원망하리오."

위왕이 왈

"상공께서 상대로 소왕의 나라에 오시니 아마도 무슨 인연이 있는가?"

하고 즉시 대연을 배설하고 제장군졸을 오게 하시더라.

일일은 위왕이 한림더러 왈

"듣사오니 상공 형제께서 환난 중에 아직 취처하지 못하였다 하오니 소왕이 일녀를 두었으니 방년 십칠 세라. 재질이 족히 군자를 받음직하오매 상공 형제는 소왕의 바라는 바를 저버리지 마옵소서."

한림이 왈

"위왕께서 그다지 생각하시니 황공무지로소이다."

한대 위왕이 대회하더라. 여러 날이 되매 행군하려 한대 위왕이 왈

"만 리 전장에 어찌 장졸 없이 가리오."

하며 노장 천여 원과 정병 삼만을 데리고 삼십 리

이 박게 나와 전송ᄒ더라 힝국한 지 일연 만에 호국지경에
다다라 픠문 보닌니라 각셜 이적에 황왕이 쳘남을 즁국
에 보닉고 날노 승젼ᄒ 소식 지다리더니 일일은 픠군즁 빅유
여 명이 도라와 엿자오디 소즁 등이 즁국에 가옵 십여 셩 항을
복 밧고 즁국 왕을 거이 항복 밧게 되엿더니 신에 나라에 와
잇는 빅활슈에 아달 봉션 형졔 들어와 국왕을 구하고 즁
졸을 다 주기고 무인지경 갓치 디이미 소즁 등은 망명도쥬
ᄒ여 왓사오나 봉션 형졔 와 이 질로 졔 아비을 달여간다 ᄒ니
황승은 엇지 하오리갓 한디 회왕이 듣고 불노ᄒ여 칼을 들
어 셔안을 치며 왈 졔 놈은 졔 아비을 내게 왓쩌을 졔
엇지 나에 즁졸을 함몰ᄒ고 당돌이 졔 아바을 가리요 ᄒ
고 왈 우션 졔 아비을 죽여 셜분ᄒ리라 ᄒ더 졔신이 쥬

밖에 나와 전송하더라. 행군한 지 일 년 만에 호국지경에 다다라 패문을 보내니라.

각설. 이적에 호왕이 철남을 중국에 보내고 매일같이 승전한 소식을 기다리더니 일일은 패군장 백여 여 명이 돌아와 여쭈되

"소장 등이 중국에 가 십여 성을 항복 받고 중국 왕을 거의 항복 받게 되었더니 신의 나라에 와 있는 백활수의 아들 봉과 선 형제가 들어와 국왕을 구하고 장졸을 다 죽이고 무인지경같이 닿으매 소장 등은 망명도주하여 왔사오나 봉과 선 형제가 와서 이 길로 제 아비를 데려간다 하니 황상은 어찌 하오리까?"

한대 호왕이 듣고 분노하여 칼을 들어 서안을 치며 왈

"저놈은 제 아비가 내게 왔거늘 제 어찌 나의 장졸을 함몰하고 당돌히 제 아비를 데려가리오."

하고 왈

"우선 제 아비를 죽여 설분하리라."

한대 제신이 아뢰기를

왈 졔 아비 죽기기는 아직 밧부지 아니ᄒ오나 봉션 형졔 들
어온다 ᄒ오니 엇지 ᄒ오리가 ᄒ디 호왕이 올이 역여 죠신을
모 이논 왈 봉션 형졔 응당 군장을 거날이고 올 거시니 오난 길에
복병ᄒ여 엿츳엿츳 ᄒ고 봉션을 ᄌ분 후에 활수을 버히
리라 ᄒ고 우션 활수 자바 전옥에 가두고 용장 쳐여 원과 졍
병 삼십만을 조발ᄒ여 오난 길에 복병ᄒ고 날 기달이더라
이젹에 원수 군병을 독초[44]ᄒ여 무산어구에 득달ᄒ니
좌우 틔산이요 수목이 창천ᄒ여 산곡이 시험ᄒ디라
원수 좌우 산쳔을 살피며 가더니 봉션에 말이 산곡을 쳬
에다보며 십여 장식 쮜고 고함ᄒ건을 직시 즁군을 불어
군병을 먼치라[45] ᄒ고 왈 이 말이 범상한 말이 아니라 ᄒ고
응당 산곡에 무삼 이리 잇도다 ᄒ고 봉두션을 너여 좌우 산

"제 아비 죽이기는 아직 바쁘지 아니하오나 봉과 선 형제가 들어온다 하오니 어찌 하오리까?"

한대 호왕이 옳게 여겨 조신을 모아 의논 왈

"봉과 선 형제가 응당 군장을 거느리고 올 것이니 오는 길에 복병하여 여차여차하고 봉과 선을 잡은 후에 활수를 베리라."

하고 우선 활수를 잡아 전옥에 가두고 용장 천여 원과 정병 삼십만을 조발하여 오는 길에 복병하고 기다리더라.

이적에 원수가 군병을 독촉하여 무산어구에 득달하니 좌우 태산이요, 수목이 창천하여 산곡이 험하더라. 원수가 좌우 산천을 살피며 가더니 봉과 선의 말이 산곡을 쳐다보며 십여 장씩 뛰고 고함하거늘 즉시 중군을 불러 군병을 멈추라 하고 왈

"이 말이 범상한 말이 아니라."

하고

"응당 산곡에 무슨 일이 있도다."

하고 봉두선을 내어 좌우 산천을

천을 붓치니 이윽고 남방 불근 구름이 이러나며 산천

니 뇌고 홈셩이 천지진동ᄒ여 젹병이 복병ᄒ엿더라 불

이지변을 만니 산곡에 초목과 갓치 녹는지라 직시

국병을 호영ᄒ여 궐문 밧게 들어가 우진ᄒ지라 호왕이

즁졸을 보니고 소식을 지달이더이 텨탑이 보ᄒ되

무양산 복병이 함몰ᄒ고 젹병이 들어아 궐문 밧게 우진

ᄒ니 디왕은 군사을 조발ᄒ여 젹병을 마그소셔 ᄒ거을

호왕이 디경ᄒ야 조신을 모아 이논 왈 봉선 형졔은 범상

한 즁사 아이라 이 이을 장차 어지 할이요 졔신이 쥬 왈 디

왕은 염여 모옵소셔 아직 용장이 천여 원이요 군병은 불

가승수[46]라 봉선은 다마 다여은 즁졸쑨이요 후군은 업사

오니 엇지 그만ᄒ 도젹을 근심할이요 ᄒ더 호왕이 디히

부치니 이윽고 남방에 붉은 구름이 일어나며 산천이 놀고 함성이 천지진동하여 적병이 복병함을 알았더라. 불의지변을 만나 산곡에 초목과 같이 녹는지라. 즉시 군병을 호령하여 궐문 밖에 들어가 우진한지라. 호왕이 장졸을 보내고 소식을 기다리더니 체탐이 보하되

무양산 복병이 함몰하고 적병이 들어와 궐문 밖에 우진하니 대왕은 군사를 조발하여 적병을 막으소서.

하거늘 호왕이 대경하여 조신을 모아 의논 왈
"봉과 선 형제는 범상한 장수가 아니라. 이 일을 장차 어찌하리오."
제신이 아뢰기를
"대왕은 염려 마읍소서. 아직 용장이 천여 원이요, 군병은 불가승수(不可勝數)라. 봉과 선은 다만 데려온 장졸뿐이요. 후군은 없사오니 어찌 그만한 도적을 근심하리오."
한대 호왕이 대희 왈

왈 뉘 능히 정병을 처 물이치리요 한디 쳘남에 아들
덜넝쇠 츌반 주 왈 신이 비록 재조 업사오나 한번 나가
적벙에 목을 벼혀 디왕에 근심을 들고 쏘 아비 원수을 갑
사올이다 ᄒᆞ건을 호왕이 디히ᄒᆞ야 보니 신장이 구쳑이
요 눈은 방울 ᄀᆞᆺ고 입은 박쥭갓고 낫튼은 말피 갓건을 호
왕이 직시 디원수 인수을 쥬시니 들넝쇠 물너나와 장졸
을 독촉한 후에 말게 올나 진전에 나와 싸홈을 도도건을
쥭이지 말고 니 붓친을 모시고 항복하라 ᄒᆞ디 덜넝쇠
니달아 웨여 왈 빅봉은 잔말 말고 니 활을 바드라 ᄒᆞ고 쳘
궁에 왜전을 메와 쏘이 빅봉이 오난 살을 밧고 달여
들어 합전할새 덜넝쇠 말이 고함ᄒᆞ고 본진으로 달

"뉘 능히 정병을 쳐 물리치리오."

한대 철남의 아들 덜렁쇠가 출반하여 아뢰기를

"신이 비록 재주 없사오나 한번 나가 적병의 목을 베어 대왕의 근심을 들고 또 아비 원수를 갚사오리다."

하거늘 호왕이 대회하여 보니 신장이 구 척이요, 눈은 방울 같고 입은 박쥐 같고 낯은 말피 같거늘 호왕이 즉시 대원수 인수를 주시니 덜렁쇠가 물러나와 장졸을 독촉한 후에 말에 올라 진전에 나와 싸움을 돋우거늘

"죽이지 말고 내 부친을 모시고 항복하라."

한대 덜렁쇠가 내달아 외쳐 왈

"백봉은 잔말 말고 내 활을 받으라."

하고 철궁에 왜전을 메워 쏘니 백봉이 오는 살을 받고 달려들어 합전할새 덜렁쇠의 말이 고함하고 본진으로

고저 흐건을 말을 챗처 다시 싸홀새 이십여 합에 들녕쇠

기운이 쇠진흐여 본진으로 도망할야 할째 칠성금이 번듯흐

며 덜녕쇠 멀이 마하에 날려지는지라 적진에 들어가 좌우충

돌할새 장사 죽음이 빅여 원이요 군사 죽음이 부지기수

라 호왕이 들녕쇠 죽음을 보고 분기을 이기지 못흐여 말

게 올나 너난 들으라 범도 졔 샛기 인는 곳을 싱각흐건을 너난

하물며 너 아비 너게 와 잇건을 너 장졸을 소멸흐고야 너 부

즈 살기를 바리리요 말게 려려 흥복흐라 그럿치 아이흐면 너

아비을 직시 죽이리라 한디 봉선 니달아 웨여 왈 개 갓튼 호

왕은 들으라 너는 강포만 밋고 병남한 쓰들 두어 우리 왕졔 질

노흐사 날을 보니 너 죄을 물으라 흐시기로 완난이 나에 붓친

을 모시고 너게 와 항복할라 글어치 아이흐면 너에 국을 소

달리고자 하거늘 말을 채쳐 다시 싸울새 이십여 합에 덜렁쇠가 기운이 쇠진하여 본진으로 도망하려 할새 칠성검이 번듯하며 덜렁쇠 머리가 말 아래 내려지는지라. 적진에 들어가 좌우충돌할새 장수 죽음이 백여 원이요 군사 죽음이 부지기수라. 호왕이 덜렁쇠 죽음을 보고 분기를 이기지 못하여 말에 올라

"너는 들으라. 범도 제 새끼 있는 곳을 생각하거늘 너는 하물며 네 아비가 내게 와 있거늘 내 장졸을 소멸하였으니 너의 부자 살기를 바라리오. 말에서 내려 항복하라. 그렇지 아니하면 네 아비를 즉시 죽이리라."

한대 봉과 선이 내달아 외쳐 왈

"개 같은 호왕은 들으라. 너는 강포만 믿고 범람한 뜻을 두매 우리 황제가 진노하사 나를 보내 네 죄를 물으라 하시기로 왔나니 나의 부친을 모시고 내게 와 항복하라. 그렇지 아니하면 너의 나라를

멸할 거시니 쌜이 항복하라 한디 호왕이 드욱 불노ᄒ여 졉
줄 이을 갈며 달여들어 싸와 십여 합에 이르리 승부을 걸지
못함이 호왕 당치 못할 줄 알고 본진으로 달건을 빅봉이
생각ᄒ되 적진 중에 무슨 흉계 잇도다 ᄒ고 격진에 들지 아
아이ᄒ고 본진으로 도라온이라 호왕 진문을 구지 닷고 졔장을
불어 왈 봉선은 임으로 잡지 못할이라 ᄒ고 직지 할수을 잡아
니여 진중에 수금ᄒ고 호영 왈 네 항복 아이ᄒ면 네 ᄌ식과 홈
개 죽이리라 한디 할수 불노 왈 우리 삼부자가 다 죽을지언
정 엇지 네게 항복할야 ᄒ더라 봉선 형졔 맘음에 한 칼
로 격진을 소멸코져 ᄒ되 진중에 들어가 엇지 옥셕
을 분별ᄒ리요 ᄒ며 통곡하더라 이젹에 호왕이 불노
ᄒ여 할수을 죽이야 한디 졔신이 쥬 왈 졔 죄는 아직

소멸할 것이니 빨리 항복하라."

한대 호왕이 더욱 분노하여 겹줄 이를 갈며 달려들어 싸워 십여 합에 이르러 승부를 정하지 못하매 호왕이 당치 못할 줄 알고 본진으로 달리거늘 백봉이 생각하되

'적진 중에 무슨 흉계 있도다.'

하고 적진에 들지 아니하고 본진으로 돌아오니라. 호왕이 진문을 굳게 닫고 제장을 불러 왈

"봉과 선은 임의로 잡지 못하리라."

하고 즉시 활수를 잡아내어 진중에 수금하고 호령 왈

"네가 항복 아니하면 네 자식과 함께 죽이리라."

한대 활수가 분노 왈

"우리 삼부자가 다 죽을지언정 어찌 네게 항복하랴."

하더라. 봉과 선 형제의 마음에

'한 칼로 적진을 소멸코자 하되 진중에 들어가 어찌 옥석을 분별하리오.'

하며 통곡하더라.

이적에 호왕이 분노하여 활수를 죽이려 한대 제신이 아뢰기를

"제 죄는 아직

용서ᄒ옵고 할수에 기별로 편지하여 보닐사이다 한디 호왕
이 올이 역여 직시 할수에 위조 편지을 써서 봉선에게 보닌이
라 이젹에 봉선 형졔 분기을 이기지 못ᄒ고 한탄만 ᄒ던이 젹진
에서 사자 와 부친에 편지을 올이건을 쎄여 보이 ᄒ얏시되
봉선은 보아라 너ᄂ 황상을 도라바 호병을 물이치고 말이타
국에 와 나을 달여간다 ᄒ니 오직 반가오랴마은 여러 날이 되도
록 부ᄌ 상봉치 못ᄒ니 엇지 쳘윤이 잇다 ᄒ리요 너ᄂ 즈서이
들으라 나난 말이타국에 와 엿터거짐 이 나라 숫호을 먹고
잔명을 보젼ᄒ니 이ᄂ 다 호황에 덕이라 너ᄂ 날을 만분지일
이나 생각ᄒ면 엇지 호왕을 괄셰할이요 너난 속히 항복ᄒ
고 고국으로 가게 ᄒ라 만일 항복지 안이ᄒ면 부ᄌ 함게 타
국고혼이 될 것시니 쌜이 항복ᄒ라 부ᄂ 셔ᄒ노라 ᄒ얏더라

용서하옵고 활수의 기별로 편지하여 보내사이다."

한대 호왕이 옳게 여겨 즉시 활수의 위조 편지를 써서 봉과 선에게 보내니라.

이적에 봉과 선 형제가 분기를 이기지 못하고 한탄만 하더니 적진에서 사자가 와 부친의 편지를 올리거늘 떼어 보니 하였으되

봉과 선은 보아라. 너는 황상을 돌봐 호병을 물리치고 만리타국에 와서 나를 데려간다 하니 오죽 반가우랴마는 여러 날이 되도록 부자 상봉치 못하니 어찌 천륜이 있다 하리오. 너는 자세히 들으라. 나는 만리타국에 와 이때까지 이 나라 수토를 먹고 잔명을 보전하니 이는 다 호왕의 덕이라. 너는 나를 만분지일이나 생각하면 어찌 호왕을 괄시하리오. 너는 속히 항복하고 고국으로 가게 하라. 만일 항복하지 아니하면 부자가 함께 타국고혼이 될 것이니 빨리 항복하라.

부(父)는 서(書)하노라.

하였더라.

봉선이 보기을 다함이 편지을 압혜 놋코 탄 왈 천지망아[47]요
비젼지죄[48]라 엇지 저에게 항복할이요 흐며 잠을 일우지 못하흐고 탄
식하더라 이날 밤에 호왕 제신을 모와 이논 왈 봉선 형졔 범상한
장사 아이라 만약 진을 혓치고 들어와 제 아비을 달여가면 그 후
에는 무사정이라 항복 밧기 어여울 터이니 할수을 감만이 북문
각에 가두고 인젹을 끈케 흐며 봉선이 엇지 알리요 흐며 직시 할수
을 북문각에 가두고 잡인을 금흐더라 이날 밤에 위국에서
갑자연 난에 잡혀간 국예 비봉이라 게집이 인물이 절색이요 가
무가 기묘흐미 호왕에 후궁이 되여 금에옥식에 잇시되 미양 부
모 동생을 생각흐고 몸에 병이 되엿시되 도라갈 길이 망연한
지라 봉선 형졔 왓단 말을 듯고 생각흐되 잇써을 발이고 어은
써예 고국으로 갈리요 흐고 닉 몸이 송 진중에 잇셔야 성공

봉과 선이 보기를 다하매 편지를 앞에 놓고 탄식하기를

"천지망아(天之亡我)요, 비전지죄(非戰之罪)라. 어찌 저에게 항복하리오."

하며 잠을 이루지 못하고 탄식하더라.

이날 밤에 호왕이 제신을 모아 의논 왈

"봉과 선 형제는 범상한 장수가 아니라. 만약 진을 헤치고 들어와 제 아비를 데려가면 그 후에는 사정없어 항복 받기 어려울 터이니 활수를 가만히 북문각에 가두고 인적을 끊으면 봉과 선이 어찌 알리오."

하며 즉시 활수를 북문각에 가두고 잡인을 금하더라.

이날 밤에 위국에서 갑자년 난에 잡혀간 나라의 비봉이라는 계집이 인물이 절색이요, 가무가 기묘하매 호왕의 후궁이 되어 금의옥식(錦衣玉食)에 있으되 매양 부모 동생을 생각하고 몸에 병이 되었으되 돌아갈 길이 망연한지라. 봉과 선 형제가 왔다는 말을 듣고 생각하되

'이때를 버리고 어느 때에 고국으로 가리오.'

하고

'내 몸이 송 진중에 있어야 성공하리로다.'

흐리로다 호왕 모로게 가만이 나와 송 진즁에 가 군졸달여
말흐되 나난 본터 게집이옵더니 진즁에 들기는 황송흐오나 원
수을 잠간 보게 흐옵소서 흐거늘 군졸이 장터예 들어가 장하
에 복지흐거늘 원수 왈 너 어인 게집관터 이 집푼 밤에 엇지 완는다
비봉이 왈 소예 본터 위국 사롬이옵던니 갑자연 난에 호왕에
게 잡혀 완나이다 흐고 민양 부모 형졔 생각이 간절하여 장군임
즁국서 왓다 흐오 쏘한 고할 말숨 인나이다 흐고 왈 악게 호왕
이 승상을 잡바다가 엿츠엿츠흐오니 장군임은 북문각에 가
서 수문장을 벼혀 쓴코 승상을 모시고 오시면 호왕 항복
밧기 어렵지 아이흐고 쏘 승상 게신 터을 장군임이 힝할가 흐
야 칸칸이 함정을 파고 쇠고을 뭇고 쏘 철사에 방울을 달아
한 쓴튼 승상 게신 문 압헤 민고 쓴튼 호왕 인난 문 압헤 민고

호왕 모르게 가만히 나와 송 진중에 가 군졸에게 말하되

"나는 본디 계집이옵더니 진중에 들기는 황송하오나 원수를 잠깐 보게 하옵소서."

하거늘 군졸이 장대에 들어가 장하에 복지하거늘 원수 왈

"너 어떤 계집이관데 이 깊은 밤에 어찌 왔느냐?"

비봉이 왈

"소녀는 본디 위국 사람이옵더니 갑자년 난에 호왕에게 잡혀 왔나이다."

하고

"매양 부모 형제 생각이 간절하여 장군님 중국에서 왔다 하니 또한 고할 말씀 있나이다."

하고 왈

"아까 호왕이 승상을 잡아다가 여차여차하오니 장군님은 북문각에 가서 수문장을 베어 끊고 승상을 모시고 오시면 호왕 항복 받기가 어렵지 아니하고 또 승상 계신 데를 장군님이 행할까 하여 칸칸이 함정을 파고 쇠공을 묻고 또 철사에 방울을 달아 한 끝은 승상 계신 문 앞에 매고 한 끝은 호왕 있는 문 앞에 매고

무삼 통기 잇시면 방우을 응하여 복병이 일시예 일게 ᄒᆞ엿삽

기로 손여 오는 길에 호왕에 압헤 인는 방울은 보화로 궁을 막고 왓

사오니 북문각에 간난 길을 장군임이 아지 못ᄒᆞ이시 소비와 함

게 가와 소여는 방울 궁글 막고 장군임은 승상 모시고 옵소셔

ᄒᆞ터 원슈 그 말을 듯고 층찬 왈 위국은 곳 ᄂᆡ 나라이니나 달음

업다 ᄒᆞ고 이 집푼 밤에 나와 나에 붓친을 위ᄒᆞ여 일어ᄒᆞ니 엇지

은혜 즉다 할이요 ᄒᆞ고 직시 비봉을 달이고 북문각에 간즉 퉁

촉이 휘황ᄒᆞ고 장졸이 맛참 잠이 들어건을 비봉 말게 날

려 잣최 업시 등어가 방울 궁글 막고 오건을 원수 일시에 들

어가 수문장을 베히고 북문각에 다다으니 들너는 소리

나며 밧그로 곡셩이 들니건을 문틈으로 보이 무사 돌쇠

등 붓친 압헤 선시되 엇던 스룸에 ᄭᅳᆫ은 목을 압헤 녹코

무슨 통지 있으면 방울을 응하여 복병이 일시에 일게 하였삽기로 소녀가 오는 길에 호왕의 앞에 있는 방울은 보화로 구멍을 막고 왔사오니 북문각에 가는 길을 장군님이 알지 못하시니 소비와 함께 가와 소녀는 방울 구멍을 막고 장군님은 승상을 모시고 오소서."

한대 원수가 그 말을 듣고 칭찬 왈

"위국은 곧 내 나라나 다름없다."

하고

"이 깊은 밤에 나와 나의 부친을 위하여 이렇게 하니 어찌 은혜가 적다 하리오."

하고 즉시 비봉을 데리고 북문각에 간즉 등촉이 휘황하고 장졸이 마침 잠이 들었거늘 비봉이 말에서 내려 자취 없이 들어가 방울 구멍을 막고 오거늘 원수가 일시에 들어가 수문장을 베고 북문각에 다다르니 들고나는 소리 나며 밖으로 곡성이 들리거늘 문틈으로 보니 무사 돌쇠 등이 부친 앞에 섰으되 어떤 사람의 끊은 목을 앞에 놓고 왈

왈 이 목을 너에 주식 선에 목이니 보아라 너는 마약 항복 아니
ㅎ면 봉에 목을 마조 쓴어 올 거시니 넨들 엇지 살기을 바러
리요 ㅎ고 좌우 칼을 들고 밧비 항복을 씨라 ㅎ되 승상이 분기
등등하여 왈 우리 삼부자 다 죽을망졍 엇지 너게 항복할이요 ㅎ
며 승상이 그 쓴은 목을 안고 통곡 왈 너 죽기는 셜지 아니ㅎ
여도 너히 등이 말이타국에 부자 상봉도 못ㅎ고 황상을 위ㅎ
야 타국고혼이 되엿시니 닌들 엇지 살기를 바러리요 자결코
져 ㅎ들 황쇠 족쇠 씨웟시니 수족인들 엇지 놀일손가 봉
션 그 거동을 보고 분기을 참지 못ㅎ여 문을 쌔치고 들어가
칼을 들어 문쌀을 버히고 달여들어 죽쇠갑을 풀어놋코
붓친 젼에 복지 통곡 왈 뷸효즈 봉션이 왓나이다 ㅎ고 실피
통곡ㅎ니 승상이 봉션에 손을 잡고 눈물을 흘여 왈 너

"이 목은 너의 자식 선의 목이니 보아라. 네가 만약 항복 아니 하면 봉의 목을 마저 끊어 올 것이니 넌들 어찌 살기를 바라리오."

하고 좌우 칼을 들고

"바삐 항복하라."

한대 승상이 분기등등하여 왈

"우리 삼부자 다 죽을망정 어찌 너에게 항복하리오."

하며 승상이 그 끊은 목을 안고 통곡 왈

"내 죽기는 섧지 아니하여도 너희 등이 만리타국에 부자 상봉도 못하고 황상을 위하여 타국고혼이 되었으니 난들 어찌 살기를 바라리오. 자결코자 한들 황소 족쇄 씌웠으니 수족인들 어찌 놀릴쏜가?"

봉과 선이 그 거동을 보고 분기를 참지 못하여 문을 깨치고 들어가 칼을 들어 문살을 베고 달려들어 족쇄갑을 풀어놓고 부친 전에 복지 통곡 왈

"불효자 봉과 선이 왔나이다."

하고 슬피 통곡하니 승상이 봉과 선의 손을 잡고 눈물을 흘려 왈

히을 이별혼 지 육칠 연이라 그새이예 어데 가 공부하연난다 봉선
이 쥬 왈 소지 붓치임 가신 후에 션생을 만니 공부ᄒ고 황
상 위터ᄒ을 구ᄒ 말슴이며 홀임학사 된 말이며 위
국에 와 성혼한 말을 난난치 고ᄒ고 통곡ᄒ니 승상이 말유
왈 너는 응당 가만이 들어왓실 터인니 들니지 말고 본진을로
속히 가라 ᄒ시건을 붓친을 마상에 모시고 비봉을 달이고
나오더니 잇쩌 맛참 북문각 쌧치난 소리 줌을 깨여 봉선이
나옴을 보고 좌우 복병이 일어나건을 봉선이 나오난 길
에 이기양양ᄒ야 젹장 수빅 원을 한 칼로 버히고 본진에 도라
온이라 이젹 북문각 깨치는 솔리예 급히 나가 방울 줄
을 흔드니 궁글 막은 방울이 엇지 쇼리 나리요 이젹에 호
왕이 졔장을 달이고 밤이 못도록 봉선 잡을 이논ᄒ더니

"너희를 이별한 지 육칠 년이라 그사이에 어디 가 공부하였느냐?"

봉과 선이 아뢰기를

"소자는 부친님 가신 후에 선생을 만나 공부하고…."

황상의 위태함을 구한 말씀이며 한림학사가 된 말이며 위국에 와 성혼한 말을 낱낱이 고하고 통곡하니 승상이 만류하기를

"너는 응당 가만히 들어왔을 터이니 들리지 말고 본진으로 속히 가라."

하시거늘 부친을 마상(馬上)에 모시고 비봉을 데리고 나오더니 이때 마침 북문각 깨치는 소리에 잠을 깨어 봉과 선이 나옴을 보고 좌우 복병이 일어나거늘 봉과 선이 나오는 길에 의기양양하여 적장 수백 원을 한 칼로 베고 본진에 돌아오니라.

이적 북문각 깨치는 소리에 급히 나가 방울 줄을 흔드니 구멍을 막은 방울이 어찌 소리가 나리오.

이적에 호왕이 제장을 데리고 밤이 맞도록 봉과 선을 잡을 의논하더니

이익고 방울 줄이 흔들이되 쇼리 아이 나미 고히하여 방울
줄을 보라 할 지음에 봉선 형제 들어와 수문장을 벼히고 중졸
수빅 원을 죽이고 승상을 모시고 감을 보고 디경하야 제
신을 모아 이논한디 제신이 쥬 왈 봉선 형제 재조는 충양
치 못할가 ᄒᄂ니다 호왕이 왈 아직 디갑⁴⁹⁾이 수십 만이요 중
사천여 원이 잇건을 엇지 조고마한 봉선 형제을 금심훌이요
ᄒ며 진을 구지 닥고 장졸을 모우더라 이젹 봉선 형제 승상
을 모시고 본진에 돌라오니 환 원수 장디예 나려와 승상을
마져 옛필 좌정 후에 엿자오되 승상이 말 이 젹국에 와 팔연 만
에 할임 형제 승상을 모시고 오니 이 이른 쳔고에 업실가 ᄒ
나이다 훈디 승상이 왈 그디는 뉘라 ᄒᄂ다 활용이 엿자외
되 소자 사옵기는 함양 쌍에 사옵고 승명은 환화룡이로소

이윽고 방울 줄이 흔들리되 소리가 아니 나매 괴이하여 방울 줄을 보려 할 즈음에 봉과 선 형제가 들어와 수문장을 베고 장졸 수백 원을 죽이고 승상을 모시고 감을 보고 대경하여 제신을 모아 의논한대 제신이 아뢰기를

"봉과 선 형제 재주는 측량치 못할까 하나이다."

호왕이 왈

"아직 대갑(帶甲)이 수십만이요, 장수 천여 원이 있거늘 어찌 조그마한 봉과 선 형제를 근심하리오."

하며 진을 굳게 닫고 장졸을 모으더라.

이적 봉과 선 형제가 승상을 모시고 본진에 돌아오니 한 원수가 장대에서 내려와 승상을 맞아 예필(禮畢) 좌정 후에 여쭈되

"승상이 만 리 적국에 오신 지 팔년 만에 한림 형제가 승상을 모시고 오니 이 일은 천고에 없을까 하나이다."

한대 승상이 왈

"그대는 뉘라 하느냐?"

화룡이 여쭈되

"소자가 사옵기는 함양 땅에 사옵고 성명은 한화룡이로소이다."

이다 승상이 왈 늬 아달과 항상을 위하여 말이타국에 오니 엇
지 길겁지 아이할이요 흐시고 또 봉선달여 문 왈 부인 소졔
무량흐시던야 봉선이 왈 못친은 우리 형졔 공부 간 후에
정화빅에 환을 피하여 어디 가시는 쥴도 모로나이다 흔디
승상이 불로흐야 우리 숨부자 웁시을 알고 글이흐엿쏘다
흐시더라 이젹에 비봉이 겻티 섯다가 승상게 뵈온디 승
상이 왈 이 예자는 엇턴 스롬인다 봉선이 쥴 왈 그 계집이 본
디 위국 스롬으로 갑자연 분에 이곳에 왓다가 소자 왓단 말
을 듯고 츠자와 호왕 말이 엿츠엿츠 흐야 붓친이 북문각
에 게심을 말하기로 소즈 붓친을 모셔 왓나이다 흔디 승상

승상이 왈

"내 아들과 황상을 위하여 만리타국에 오니 어찌 즐겁지 아니하리오."

하시고 또 봉과 선에게 물으시기를

"부인과 소저가 무양하시더냐?"

봉과 선이 왈

"모친은 우리 형제가 공부 간 후에 정화백의 환을 피하여 어디로 가신 줄도 모르나이다."

한대 승상이 분노하여

"우리 삼부자 없음을 알고 그리하였도다."

하시더라.

이적에 비봉이 곁에 섰다가 승상께 뵈온대 승상이 왈

"이 여자는 어떤 사람이냐?"

봉과 선이 아뢰되

"그 계집이 본디 위국 사람으로 갑자년 분에 이곳에 왔다가 소자 왔다는 말을 듣고 찾아와 호왕 말이 여차여차하여 부친이 북문각에 계심을 말하기로 소자 부친을 모셔 왔나이다."

한대 승상이

이 들으시고 비봉을 칭찬 왈 위국나라이 니 나라이나 달음읍다
ᄒ고 네 아이면 니 엇지 ᄌ식을 만내 보며 ᄒ시더라 일일은 호

들으시고 비봉을 칭찬 왈

"위국이 내 나라나 다름없다."

하고

"너 아니면 내 어찌 자식을 만나 보리?"

하시더라. 일일은

왕이 진전회에 힝ᄒ며 질욕 왈 송 진즁에 봉선은 들으라

너에 숨부자을 오날날 벼혀 닉에 분을 푸리라 ᄒ며 질욕ᄒ

건을 봉선이 응셩 츌말ᄒ야 웨여 왈 엿틱그집 너을 살여

두기ᄂ 나의 붓친을 모시지 못하얏기로 용서ᄒ엿건이와

오날날은 결단코 너을 쥭이리라 ᄒ고 달여들건을 이젹

에 승상이 즁딕에 놉히 안자 삼장 싸홈을 보니 밍호50) 공투51)

라 호 진즁에서 ᄲ 동두철악52)이 쏘 나와 합전ᄒ여 십여 홉에

철셩금이 쏀듯ᄒ며 동두철악에 멀이 말ᄒ에 날여지건을

윽이고 젹진 즁에셔 쏘 한 즁사 나오니 이ᄂ 호왕에 동생

만돌이라 두 쥴 이를 갈며 나와 합전할새 호진 즁에셔

쳥용기을 이삼 번 두치던이 이윽ᄒ면 구름이 일어나며 진

즁을 듑히며 디풍이 이러나며 운무 아득ᄒ여 천지을

호왕이 진전하여 행하며 질욕 왈

"송 진중의 봉과 선은 들으라. 너의 삼부자를 오늘 베어 나의 분을
풀리라."

하며 질욕하거늘 봉과 선이 응성 출마하여 외쳐 왈

"이때까지 너를 살려두기는 나의 부친을 모시지 못하였기로 용서
하였거니와 오늘은 결단코 너를 죽이리라."

하고 달려들거늘 이적에 승상이 장대에 높이 앉아 세 장수 싸움을
보니 맹호(猛虎) 용투(勇鬪)라. 호 진중에서 바로 동두철액(銅頭鐵
額)이 또 나와 합전하여 십여 합에 칠성검이 번듯하며 동두철액의
머리가 말 아래에 내려지거늘 이윽고 적진 중에서 또 한 장수 나오
니 이는 호왕의 동생 만돌이라. 두 줄 이를 갈며 나와 합전할새 호진
중에서 청룡기를 두세 번 뒤집더니 이슥하면서 구름이 일어나며 진
중을 덮으며 대풍이 일어나며 운무 아득하여 천지를

분별 못할러라 신장이 좌우에 고함ᄒ니 봉선 정신을 진
정치 못할러라 어난 ᄉ이예 장ᄉ진 삼천여 첩에 싸엿건을
엇지 버ᄉ나리요 봉선이 직시 풍빅 불어 음귀을 씨러 벌
이고 철채을 들어 말을 경게 왈 너는 적진에 들러 엇지 버
서날 줄 모로난다 ᄒ니 그 말이 벽역갓치 소릭ᄒ며 십여 자식
쒸여 삼천여 첩을 버서나 본진으로 오난지라 이젹에 승상이
봉선 형졔 적진에 싸이을 보고 경황ᄒ여 아모리 할 줄 모
로던니 이윽고 운무 거두며 봉선이 진 박계 나서 본진으로
도라옴을 보고 디히ᄒ여 칭찬ᄒ기을 마지아이ᄒ더라
봉선 나와 웨여 왈 너는 종시 항복 아이ᄒ고 당돌이 접젼
ᄒ난다 너는 이 붓채을 바두라 ᄒ며 봉두선을 들고 이
삼 번 붓치니 이윽고 남방으로 불근 구룸이 일어나며

분별 못할러라. 신장이 좌우에 고함하니 봉과 선이 정신을 진정치 못할러라. 어느 사이에 장수 진이 삼천여 첩에 싸였거늘 어찌 벗어 나리오. 봉과 선이 즉시 풍백을 불러 음기를 실어 버리고 철채를 들어 말을 경계하여 왈

"너는 적진에 들어 어찌 벗어날 줄 모르느냐?"

하니 그 말이 벽력같이 소리하며 십여 자씩 뛰어 삼천여 첩을 벗어나 본진으로 오는지라. 이적에 승상이 봉과 선 형제가 적진에 싸임을 보고 경황하여 아무리 할 줄 모르더니 이윽고 운무를 거두며 봉과 선이 진 밖에 나서 본진으로 돌아옴을 보고 대회하여 칭찬하기를 마지아니하더라.

봉과 선이 나와 외쳐 왈

"너는 종시 항복 아니하고 당돌하게 접전하느냐? 너는 이 부채를 받으라."

하며 봉두선을 들고 두세 번 부치니 이윽고 남방으로 붉은 구름이 일어나며

산천이 뒤놉더니 불이 사면으로붓더 오며 화광이 충천ᄒ야
호국을 뇌기논지라 젹진 장졸이 불이지변을 만니
호왕에게 엿자오되 봉선은 사롭이 안이라 ᄒ날이 신장
을 보니여 호국을 망케 하나니 디왕은 만민을 생각ᄒ
와 쇽히 항복ᄒ옵쇼서 ᄒ디 호왕이 왈 경 둥은 송
진에 가서 포빅 만 통과 황금 빅만 양을 쥬게 ᄒ고 홧친할
가 ᄒ디 만돌이 즉시 숑 진가 엿자오디 쇼장에 국왕쎄서
포빅과 황금을 올이고 홧친할가 바러ᄂ이다 ᄒ디 홧
임이 왈 너난 쌜이 가 너 왕에 목을 벼혀 와야 너도 살이라 ᄒ
고 노기등등ᄒ건을 만돌이 도로 가 할임 ᄒ단 말디로 호왕
쎄 엿ᄌ온디 호왕 황황급급ᄒ더라 이젹 셩즁 빅셩이 불에 죽
난 지 부지기수라 숑 진에논 불이 나지 아이ᄒ니 장안 만인과

산천이 뒤놀더니 불이 사면으로부터 오며 화광이 충천하여 호국을 녹이는지라. 적진 장졸이 불의지변을 만나 호왕에게 여쭈되

"봉과 선은 사람이 아니라. 하늘이 신장을 보내어 호국을 망케 하나니 대왕은 만민을 생각하와 속히 항복하옵소서."

한대 호왕이 왈

"경 등이 송나라 진에 가서 포백 만 통과 황금 백만 냥을 주게 하고 화친할까?"

한대 만돌이 즉시 송나라 진에 가 여쭈되

"소장의 국왕께서 포백과 황금을 올리고 화친할까 바라나이다."

한대 한림이 왈

"너는 빨리 가 네 왕의 목을 베어 와야 너도 살리라."

하고 노기등등하거늘 만돌이 도로 가 한림이 하던 말대로 호왕께 여쭈니 호왕이 황황급급하더라.

이적 성중 백성이 불에 죽는 자가 부지기수(不知其數)라. 송나라 진에는 불이 나지 아니하니 장안 만인과

제장 군졸이 불을 피ᄒ여 송 진으로 무수이 달나나며 웨여 왈

뎌왕 쇽히 항복ᄒ옵쇼셔 ᄒ난 쇼리 장안이 진동ᄒ더라

이윽고 불이 궐ᄂᆡ예 들어오미 호왕이 화긔을 견ᄃᆡ지

못하여 할리웁서 앙천통곡ᄒ며 졔신을 달이고 송

진즁에 와 졔 목 졔ᄒᆞᆯ여 굴이 안자 엿자오ᄃᆡ 쇼왕에 죄

만사무셕ᄒ오나 원슈 장하에 하ᄒᆡ지ᄐᆡᆨ을 발ᄂᆡ나이다

원슈 분긔등등ᄒ여 칼을 들어 ᄯᅡᆼ을 치며 ᄭᅮ지져 왈 네

놈이 갑자연붓터 외람ᄒᆞᆫ ᄯᅳᆯ을 두어 즁국을 침범ᄒ

니 그 죄을 논지하면 살지무셕이요 ᄯᅩ 승상을 북문각에

갓두고 죡수갑은 무삼 일의야 ᄂᆡ 죄을 이논ᄒ며 네 고긔을

십으야 ᄲᅢ원ᄒ노라 ᄒ고 칠셩금 변격 들어 한번 치니

만들이 겻체 섯다가 바로 오ᄂᆞᆫ 칼을 ᄇᆞ드니 한죽 팔이

제장 군졸이 불을 피하여 송나라 진으로 무수히 달아나며 외쳐 왈

"대왕, 속히 항복하옵소서!"

하는 소리에 장안이 진동하더라. 이윽고 불이 궐내에 들어오매 호왕이 화기를 견디지 못하여 하릴없어 앙천통곡하며 제신을 데리고 송 진중에 와 제 목을 조아려 꿇어 앉아 여쭈되

"소왕의 죄가 만사무석하오나 원수 장하에 하해지택(河海之澤)을 바라나이다."

원수가 분기등등하여 칼을 들어 땅을 치며 꾸짖어 왈

"네 놈이 갑자년부터 외람한 뜻을 두어 중국을 침범하니 그 죄를 논지하면 살지무석이요, 또 승상을 북문각에 가두고 족수갑은 무슨 일이냐? 네 죄를 의논하며 네 고기를 씹어야 시원하겠노라."

하고 칠성검을 번쩍 들어 한 번 치니 만돌이 곁에 섰다가 바로 오는 칼을 받으니 한쪽 팔이

써러지고 호왕에 한짝 팔이 마자 쌍에 날러지는지라

만들이 쏘 호 팔로 막으며 익걸 왈 소장에 티왕을 살여 쥬옵

소서 ᄒ며 통곡ᄒ건을 이적이 승상에 장디예 안잣다가 그 거

동을 보시고 호왕에 좌을 논지컨디 죽여야 맛당ᄒ되 만

돌을 볼진딘 호왕에는 츙신이라 츙신에 정성으로 호왕을

용서ᄒ라 ᄒ시건을 할님이 그제야 칼을 놋코 호왕을 ᄭᅮ

지저 왈 승상쎄서 살이라 ᄒ시기로 십분 용서ᄒ건니와

쌜이 항서을 올이되 위국에 바든 항서을 함게 올이라

ᄒ디 호왕이 다시 엿자오되 위국 항서은 용서ᄒ옵소서

ᄒ건을 할임이 칼을 들고 ᄭᅮ지저 왈 네 일향 당돌ᄒ

눈다 ᄒ고 무사을 명ᄒ여 벼히라 ᄒ디 호왕이 경혼

락빅ᄒ여 즉시 양국 항서을 올이건을 바다 놋코 붓채

떨어지고 호왕의 한쪽 팔이 맞아 땅에 내려지는지라. 만돌이 또 한 팔로 막으며 애걸 왈

"소장의 대왕을 살려 주옵소서."

하며 통곡하거늘 이적에 승상이 장대에 앉았다가 그 거동을 보시고

"호왕의 죄를 논지컨대 죽여야 마땅하되 만돌을 볼진대 호왕에게는 충신이라. 충신의 정성으로 호왕을 용서하라."

하시거늘 한림이 그제야 칼을 놓고 호왕을 꾸짖어 왈

"승상께서 살리라 하시기로 십분 용서하거니와 빨리 항서를 올리되 위국에서 받은 항서를 함께 올리라."

한대 호왕이 다시 여쭈되

"위국 항서는 용서하옵소서."

하거늘 한림이 칼을 들고 꾸짖어 왈

"네 일향(一向) 당돌하느냐?"

하고 무사를 명하여 베라 한대 호왕이 경혼(驚魂) 낙백(落魄)하여 즉시 양국 항서를 올리거늘 받아 놓고 부채를

들어 물 슷 ᄌ 삼ᄌ을 씨니 서으로 일편 흑우이 일어나며
디우 망수 철리ᄒ여 성즁이 잠기견을 호왕이 쏘 익걸 왈
화재예 빅셩이 만이 죽삽고 수재을 만니 쓰옥 죽게 되오
니 승상에 덕틱으로 살게 ᄒ옵소서 할임이 왈 너는 포빅
과 황을 밧친다 ᄒ니 져져이 밧치라 혼디 호왕이 할이업서 수
포을 써 올이건을 붓채을 페 사ᄒ리용왕을 향ᄒ여
혼번식 붓치니 이윽고 비 근치더라 잇ᄶ난 갑슐연 추구
월이라 일일은 발힝ᄒ여 빅만 디병을 압세우고 위국으로
향ᄒ여 여러 날 만에 위국지경에 다다르니 위왕이 만조빅관
을 건나리고 삼심 이 밧게 나와 마ᄌ 궐니예 들어가 엿필 좌
정 후에 위왕이 보시고 층찬 왈 승상이 적국에 가 여
러 힌 되도록 소식이 돈졀하와 소왕이 일시도 마음을 롯

들어 물 수 자 세 자를 쓰니 서쪽으로 일편 흑운이 일어나며 대우(大雨) 방수(放水) 천리하여 성중이 잠기거늘 호왕이 또 애걸 왈

"화재에 백성이 많이 죽었고 수재를 만나 더욱 죽게 되오니 승상의 덕택으로 살게 하옵소서."

한림이 왈

"너는 포백과 황금을 바친다 하니 저저이 바치라."

한대 호왕이 하릴없어 수표를 써 올리거늘 부채를 펴 사해용왕을 향하여 한 번씩 부치니 이윽고 비 그치더라.

이때는 갑술년 추구월이라. 일일은 발행하여 백만 대병을 앞세우고 위국으로 향하여 여러 날 만에 위국지경에 다다르니 위왕이 만조백관을 거느리고 삼십 리 밖에 나와 맞아 궐내에 들어가 예필 좌정후에 위왕이 보시고 칭찬 왈

"승상이 적국에 가 여러 해 되도록 소식이 돈절하여 소왕이 일시도 마음을

치 못ᄒ더니 맛참 할님게서 호국에 들어가 호왕을 항복
밧 승상을 모서 오시니 이 일은 천고에 업실가 ᄒ나이다 또 할
님을 칭찬 왈 범 갓튼 호왕 항복 밧고 위국 항서 도로 밧사
사오니 이는 승상에 덕퇵이로소이다 연을 빅설ᄒ고 졔장 군
졸을 위로하더라 이젹 활용이 빅 쇼졔 사생을 몰니 잣탄
왈 신표는 여계 잇건만는 임자는 어데 간난고 ᄒ며 군말ᄒ
더니 봉선 형졔 궐니로 나오더가 활룡에 침쇼에 지닉드가
드얼 무삼 잔말하난 소리 나건을 문을 열고 들어간즉 아
모 사람도 업고 혼자 안자 무어을 가지고 군말ᄒ다가 할님
들어옴을 보고 감초건을 할님이 고이 역여 니럼에 왈
중원서붓터 만니 사생을 동고ᄒ엿건을 무엇을 가지
고 나을 기우난다 ᄒ며 고이 여기더라 이젹 한 할임이 비봉을

놓지 못하더니 마침 한림께서 호국에 들어가 호왕의 항복을 받고 승상을 모셔 오시니 이 일은 천고에 없을까 하나이다."

또 한림을 칭찬 왈

"범 같은 호왕의 항복을 받고 위국 항서를 도로 받사오니 이는 승상의 덕택이로소이다."

연회를 배설하고 제장 군졸을 위로하더라.

이적에 화룡이 백 소저 사생을 몰라 자탄 왈

"신표는 여기 있건마는 임자는 어디 갔는고?"

하며 군말하더니 봉과 선 형제가 궐내로 나오다가 화룡의 침소에 지날 때 들으니 무슨 잔말하는 소리가 나거늘 문을 열고 들어간즉 아무 사람도 없고 혼자 앉아 무엇을 가지고 군말하다가 한림이 들어옴을 보고 감추거늘 한림이 괴히 여겨 내념에 왈

"중원에서부터 만나 사생을 동고하였거늘 무엇을 가지고 나를 속이는가?"

하며 괴히 여기더라.

이적 한 한림이 비봉을

달이고 후원에 가 춘경을 구경할시 봉선 형제 들어가 이
논 왈 일젼 한 원수 무어슬 감초난가 ᄒ고 ᄎᄌ 갑쥬을 보니
금봉채을 금낭에 너엇건을 고이 역여 이거슨 분명 우리 집 물건
이 엇지 이 사람에게 왓단 말이야 ᄒ더라 이젹 운경에 션조 국
젼 삼만 양을 썬든니 운경을 줍아 국젼을 올이라 홀새 올니
지 못ᄒ야 목슘을 디신ᄒ라 홀새 운경에 쳐 봉셔 형제
왓단 말을 듯고 마약 일젼 우리 집에 와 잇단 여 부인에 아달이요
빅 쇼졔가 미졔 갓트면 가군에 목슘을 이을가 ᄒ고
차자가 뵈아 왈 일젼 여 부인과 빅 소졔와 엿ᄎ엿ᄎ ᄒ단 말
을 져져히 하니 할님 형제 직시 권너에 들어가 운경을 방
송ᄒ고 졔장 군졸을 불너 먼져 위국으로 갈라ᄒ고 운경
에 쳐을 ᄯ라 형산 ᄯᅡᆼ에 다다라 운경에 쳐을 부인 계신 디
로 보너더라 각셜 이젹에 여 부인 몽월디스와 ᄒ 가지 셰

데리고 후원에 가 춘경을 구경할새 봉과 선 형제가 들어가 의논 왈

"일전에 한 원수가 무엇을 감추는가 하고 찾아 갑주를 보니 금봉채를 금낭에 넣었거늘 괴이하다. 이것은 분명 우리 집 물건인데 어찌 이 사람에게 왔단 말이냐?"

하더라.

이적 운경의 선조가 국전 삼만 냥을 썼더니 운경을 잡아 국전을 올리라 할새 올리지 못하여 목숨을 대신하라 할새 운경의 처가 봉과 선 형제 왔단 말을 듣고

"만약 일전 우리 집에 와 있던 여 부인의 아들이요, 백 소저가 매제 같으면 가군의 목숨을 이을까?"

하고 찾아가 뵈어 왈

"일전 여 부인과 백 소저와 여차여차하여이다."

하는 말을 저저이 하니 한림 형제가 즉시 궐내에 들어가 운경을 방송하고 제장 군졸을 불러 먼저 위국으로 가라 하고 운경의 처를 따라 형산 땅에 다다라 운경의 처를 부인 계신 데로 보내더라.

각설. 이적에 여 부인이 망월대사와 함께

월을 보니던이 소졔 연광이 점점 자리 감을 슬어ㅎ시건

을 뎌사 왈 부인은 너무 슬어 무옵소셔 소졔 상을 보니 가취[53] 혼가

십푸

오니 무삼 염예 잇사오리ㄱ 부인이 왈 그러면 니가 엇지 모로

리요 한뎌 뎌ᄉ 왈 연전에 시부쎄서 승상을 달이고 중

에서 들어와 봉항이란 시을 짓드리단 일을 싱각 못하나닛가

부인이 왈 뎌ᄉ은 엇지 나에 몽사을 아나닛가 혼뎌 소졔는 아모

날 줄 모르고 아미을 슉이고 안질 달음일너라 부인이 왈

ᄌ식은 어는 쩌예 만니며 뎌ᄉ 말슴 갓틀진뎌 서랑은 어은 쩌

예 도라오리가 답 왈 이 사이예 잠간 보오민 ᄌ셩[54]이 호국을 응

세월을 보내더니 소저 연광이 점점 자라 감을 슬퍼하시거늘 대사 왈

"부인은 너무 슬퍼 마옵소서. 소저의 상을 보니 혼인하였는가 싶으오니 무슨 염려 있사오리까?"

부인이 왈

"그러면 내가 어찌 모르리오."

한대 대사 왈

"연전에 시부께서 승상을 데리고 중원에서 들어와 봉황이란 새를 깃들이던 일을 생각 못하나이까?"

부인이 왈

"대사는 어찌 나의 몽사를 아나이까?"

한대 소저는 아무리 할 줄 모르고 아미를 숙이고 앉아 있을 따름일러라. 부인이 왈

"자식은 어느 때에 만나며 대사 말씀 같을진대 서랑은 어느 때에 돌아오리까?"

답하기를

"이 사이에 잠깐 보매 장성(將星)이 호국을 응

ᄒᆞ엿더니 이제는 잘이을 옴겨 위국을 응ᄒᆞ여 광채 찰난
ᄒᆞ니 응당 소식을 들을 듯ᄒᆞ나이다 부인이 왈 그 장성이
엇지 나에 ᄌᆞ식 중셩이라 ᄒᆞ오릿가 ᄒᆞ고 왈 딤스 명감 아이면

하였었더니 이제는 자리를 옮겨 위국을 응하여 광채 찬란하니 응당
소식을 들을 듯하나이다."

부인이 왈

"그 장성이 어찌 나의 자식 장성이라 하오리까?"

하고 왈

"대사 명감 아니면

엇지 일신들 마음을 노으리가 세월을 보니더라 이젹에 활룡
이 긱실에 혼자 안ᄌ 즈탄 왈 엇던 ᄉ롬은 형졔 구존ᄒ야 타국
에 와 위이 잇게 다이건만은 나는 ᄉ고무친쳑훈 몸이 되여
빅 소졔 쇼식도 망연ᄒ니 어데 가 살안는 죽언난가 금봉채는
변치 아이ᄒ연는가 ᄒ고 갑쥬함을 열고 보 금봉채 흔젹이 업
건을 낙심ᄒ여 탄식 왈 외인은 이 방 츌입이거늘 뉘가 남
에 신표을 가젓시며 걱근 봉채울 무엇에 씨랴 ᄒ고 가져
간는고 ᄒ며 왈 조물이 시기ᄒ여 신표을 일엇시니 설사 소
졔가 살아 잇신들 무어스로 상봉ᄒ리요 ᄒ며 ᄒ탄ᄒ
다가 잠간 조우던니 비몽간에 선생이 와 이로디 단게는 말이
타국에 가 금봉산 화선암에 잇실지 임의 숨 연이라 너
는 츠질 쥴 모로고 무선 잠만 자는다 ᄒ고 간더업건을

어찌 일신들 마음을 놓으리까?"

하고 세월을 보내더라.

이적에 화룡이 객실에 혼자 앉아 자탄 왈

"어떤 사람은 형제 구존하여 타국에 와 위의 있게 다니건마는 나는 사고무친척(四顧無親戚)한 몸이 되어 백 소저 소식도 망연하니 어디 가서 살았는가? 죽었는가? 금봉채는 변치 아니하였는가?"

하고 갑주함을 열고 보니 금봉채 흔적이 없거늘 낙심하여 탄식 왈

"외인은 이 방 출입이거늘 누가 남의 신표를 가져갔으며 꺾은 봉채를 무엇에 쓰려 하고 가져갔는고?"

하며 왈

"조물이 시기하여 신표를 잃었으니 설사 소저가 살아 있은들 무엇으로 상봉하리오."

하며 한탄하다가 잠깐 졸더니 비몽 간에 선생이 와 이르되

"단계는 만리타국에 가 금봉산 화선암에 있은 지 이미 삼 년이라. 너는 찾을 줄 모르고 무슨 잠만 자는가?"

하고 간데없거늘

놀니 씨달으니 남가일몽이라 침셕에 이지ᄒ야 줌을 일

우지 못ᄒ고 앗잣던니 맛참 동방이 발건늘 직시 굿 쌍 스롬을

불어 문 왈 이곳이 금봉산 화선암이 인난야 답 왈 예셔 삼

빅 니을 가면 화선암이 인나이다 ᄒ건을 활룡이 직시 필마단

기로 금봉산을 향하는이라 잇써 부인이 티스을 달이고 산

정에 올나 춘경을 구경ᄒ더니 멀이 바리보니 일원티장

이 필마단기로 들어오건늘 부인이 힝여 공ᄌ 오난가 ᄒ고

정신을 일코 망망이 발리던니 졈졈 각각이 오건을 ᄌ서이 본이

금안 준마에 둘여시 앗잣시되 풍재 늠늠ᄒ고 얼골이 관

옥일너라 아모리 보아도 봉선은 아이되 부인 협방에

들어가 소졔을 달이고 ᄌ탄 왈 박게 온 손이 봉선만 역

여던니 봉선은 아이라 말이타국에 온 지 삼 연이라 ᄌ식에 사

놀라 깨달으니 남가일몽이라. 침석에 의지하여 잠을 이루지 못하고 앉았더니 마침 동방이 밝거늘 즉시 그 땅 사람을 불러 묻기를

"이곳에 금봉산 화선암이 있느냐?"

답하기를

"여기서 삼백 리를 가면 화선암이 있나이다."

하거늘 화룡이 즉시 필마단기로 금봉산을 향하느니라.

이때 부인이 대사를 데리고 산정에 올라 춘경을 구경하더니 멀리 바라보니 일원 대장이 필마단기로 들어오거늘 부인이 행여 공자가 오는가 하고 정신을 잃고 망망히 바라보더니 점점 가까이 오거늘 자세히 보니 금안준마(金鞍駿馬)에 뚜렷이 앉았으되 풍채 늠름하고 얼굴이 관옥일러라. 아무리 보아도 봉과 선은 아니되 부인이 협방에 들어가 소저를 데리고 자탄 왈

"밖에 온 손님이 봉과 선이라 여겼더니 봉과 선은 아니라. 만리타국에 온 지 삼 년이라. 자식의

셩을 아지 못ᄒ니 엇지 슬푸지 아이하리요 실피 통곡ᄒ니

이원ᄒ 소리 산천초목이 다 슬어하더라 이젹 원수 말

게 올나 혀판을 보니 금봉산 화선암이라 ᄒ엿건을

니럼에 생각ᄒ되 화선암은 올건이와 빅 소제 유무을 엇지

ᄒ야 알아보리요 신표을 일엇시니 무어스로 통기할이요 ᄒ

며 누각에 올라 슈셩을 차진디 한 늘근 즁이 나와 답예 왈 상

공은 어데 게심닛가 원슈 답 왈 나난 것처 업시 단기는 스롭이라

ᄒ디 노승이 왈 상공에 음셩을 듯사오니 즁원에 게신 듯

ᄒ오니 무삼 일노 타국산즁에 들어왓나잇가 원슈 답 왈

나난 황셩 스롬으로 강산 국경 다인다 ᄒ며 담화ᄒ더니 문

득 풍편의 쳥이ᄒ 우음소리 들니건을 원슈 자연 마음

이 비감ᄒ야 문 왈 엇진 우음 소리 나난잇가 이 졀은 본디

생을 알지 못하니 어찌 슬프지 아니하리오."

하고 슬피 통곡하니 애원하는 소리에 산천초목이 다 슬퍼하더라.

이적 원수가 말에 올라 현판을 보니 금봉산 화선암이라 하였거늘 내념에 생각하되

'화선암은 옳거니와 백 소저 유무를 어찌하여 알아보리오. 신표를 잃었으니 무엇으로 통지하리오.'

하며 누각에 올라 수성을 찾으니 한 늙은 중이 나와 답례 왈

"상공은 어디 계시니까?"

원수가 답하기를

"나는 거처 없이 다니는 사람이라."

하되 노승이 왈

"상공의 음성을 듣사오니 중원에 계신 듯하오니 무슨 일로 타국 산중에 들어왔나이까?"

원수 답하기를

"나는 황성 사람으로 강산 구경 다니나이다."

하며 담화하더니 문득 풍편의 청아한 울음소리 들리거늘 원수가 자연 마음이 비감하여 묻기를

"어떤 울음소리가 나나이까?"

"이 절은 본디

청성 가진 사람이 만이 모엿기로 날이 온화ᄒᆞ면 종종 곡
성이 나나이다 원수 왈 이러한 산즁에 혹 자식 일은 스룸도 잇
시며 혹 가군 일은 이도 인ᄂᆞ잇가 디스 왈 그런 스룸은 업논이
다 ᄒᆞ더 원슈 왈 그러면 엇던 스룸이 져리 우나닛가 ᄒᆞ며 담화던
니 석반을 올이건을 보니 정결ᄒᆞᆷ이 인간 음식과 달으더라
석반을 물인 후에 원슈 문 왈 앗기 디스와 갓치 산정에 섯
던 부인은 엇던 스룸이님가 디스 왈 상공이 유산긱이라 ᄒᆞ면
엇지 산즁에 뭇처 인ᄂᆞ 부인에 거름을 물난잇가 원슈 디
왈 글어미 아이라 나난 조실부모ᄒᆞ고 표류이 단이옵던니 맛
참 진쥬 반계촌 빅 승상 가랑이 되엿삽던이 정묘연 난에

청성 가진 사람이 많이 모였기로 날이 온화하면 종종 곡성이 나나이다."

원수 왈

"이러한 산중에 혹 자식 잃은 사람도 있으며 혹 가군 잃은 이도 있나이까?"

대사 왈

"그런 사람은 없나이다."

한대 원수 왈

"그러면 어떤 사람이 저리 우나이까?"

하며 담화하더니 석반을 올리거늘 보니 정결함이 인간 음식과 다르더라.

석반을 물린 후에 원수가 묻기를

"아까 대사와 같이 산정에 섰던 부인은 어떤 사람이니까?"

대사 왈

"상공이 유산객이라 하며 어찌 산중에 묻혀 있는 부인의 걸음을 묻나이까?"

원수 대답하기를

"그것이 아니라 나는 조실부모하고 표류하며 다니옵더니 마침 진주 반계촌 백 승상의 가랑이 되었삽더니 정묘년 난에

그 뒥이 다 공가 되엿시민 여 부인 빅 소졔 ᄉ셩을 몰
나 익히 믈나이다 디사 왈 빅 소졔 셜사 아신들 엇지

그 댁이 다 공가 되었으매 여 부인과 백 소저 사생을 몰라 익히 묻나

이다."

대사 왈

"백 소저를 설사 아신들 어찌

말이타국에 왓사올이가 쏘 문 왈 소졔 연광이 얼미나 되
엿시며 이별ᄒ엿실 ᄣ예 전안ᄒ엿나잇가 답 왈 전안ᄒ엿시
되 권귀는 아직 못ᄒ엿나이다 디사 왈 글어ᄒ오면 무삼 표
젹이 인나닛가 답 왈 표젹이 입삽던이 난중에 일언나이다
디ᄉ 왈 표을 바닷시면 갑쥬함에 심심장지할55) 거시지
무삼 일노 미양 너여녹코 군말하다가 신표을 일어시
니 무삼 면목으로 소졔을 상봉할이요 원슈 디경 왈
존ᄉ는 엇지 군말ᄒ다가 신표 일언 줄 아난잇가 실
상을 기우지 말고 말 이 ᄒᆡᆼ긱에 심회을 들게 ᄒ옵소

만리타국에 왔사오리까?"

또 묻기를

"소저 연광이 얼마나 되었으며 이별하였을 때에 전안(奠雁)하였나이까?"

답하기를

"전안하였으되 권귀는 아직 못하였나이다."

대사 왈

"그러하오면 무슨 표적이 있나이까?"

답하기를

"표적이 있었으나 난중에 잃었나이다."

대사 왈

"표를 받았으면 갑주함에 심심장지(深深藏之)할 것이지 무슨 일로 매양 내어놓고 군말하다가 신표를 잃었으니 무슨 면목으로 소저를 상봉하리오."

원수가 대경 왈

"존사는 어찌 군말하다가 신표 잃은 줄을 아나이까? 실상을 숨기지 말고 만 리 행객의 심회를 듣게 하옵소서."

셔 흔디 디스 왈 글어흐면 빅 공즈와 말이타국에 가
스싱을 한가흐고 엇지하여 혼즈 왓난잇가 원슈 그
졔야 도승인 쥴 알고 공경이 문 왈 존스논 엇지 나

한대 대사 왈

"그러하면 백 공자와 만리타국에 가 사생(死生)을 함께하고 어찌
하여 혼자 왔나이까?"

원수가 그제야 도승인 줄 알고 공경히 묻기를

"존사는 어찌 나의

의 젼후사을 아르신잇가 딕사 왈 ᄌ연 아나이다 원슈 왈
나에 처사을 알라시니 엇지 일혼들 기망ᄒ오릿가만은 아
미도 소졔 이 근쳐에 인난가 십품니다 속히 만너게 ᄒ옵소
서 ᄒᄃ 딕ᄉ 왈 신표을 일어심면 그 젼에 소졔 몸이 되여
부던 옥소나 가져완난잇가 ᄒ고 나와 형방에 들어가니 여 부
인이 문 왈 외긱이 어데세 왓시며 그다시 담화ᄒ난잇가
딕ᄉ 왈 그 ᄉ롭이 함양 ᄯ에 잇서 봉황에 ᄶᆨ을 일코 단
이난 형상 ᄽᅡ더이다 ᄒᄃ 부인 왈 그 ᄉ롭도 난즁 처자을 일
단이ᄂ쏘다 ᄒ건을 소졔 너염에 헤아리되 그 ᄉ롭이 함양

전후사를 아시나이까?"

대사 왈

"자연 아나이다."

원수 왈

"나의 처사를 알고 계시니 어찌 일호인들 기망하오리까마는 아마도 소저가 이 근처에 있는가 싶습니다. 속히 만나게 하옵소서."

한대 대사 왈

"신표를 잃었으면 그 전에 소저 몸이 되어 불던 옥소는 가져왔나이까?"

하고 나와 형방에 들어가니 여 부인이 묻기를

"외객이 어디서 왔으며 그다지 담화하나이까?"

대사 왈

"그 사람이 함양 땅에 있어 봉황의 짝을 잃고 다니는 형상 같더이다."

한대 부인 왈

"그 사람도 난중에 처자를 잃고 다니는도다."

하거늘 소저가 내념에 헤아리되

"그 사람이 함양

쌍에 살며 승은 한 씨라 ᄒ니 세상에 히연ᄒ 일도 만토다
ᄒ더라 이젹에 원다ᄉ을 보너고 아모리 싱각ᄒ되 소
졔 이 산즁에 잇건만은 도승이 진위을 기우니 엇지ᄒ

땅에 살며 성은 한 씨라 하니 세상에 희한한 일도 많도다."

하더라.

이적에 원수가 대사를 보내고

"아무리 생각해도 소저가 이 산중에 있건만 도승이 진위를 숨기니 어찌하리오."

리요 ᄒ고 긱실에 안잣던니 이ᄣᅥ은 맛참 추국월이라 금
풍은 소실ᄒ고 월식은 만정훈되 엇지 심회을 진정
ᄒ리요 ᄒ고 힝장에 옥소을 너여 일곡을 부니 봉구 황
곡이라 그 소리 쳥잉ᄒ여 옥경에 소시더라 잇젹에 부인
과 소졔 디ᄉ을 달이고 담화ᄒ다가 옥소 소리을 듯고 문
왈 이 옥소가 어데서 나난잇가 디ᄉ 왈 긱실에 손이 응당 부
난 듯ᄒ니 우리 나가 은신ᄒ고 들어 볼사이다 ᄒ고 나와
부인과 소졔는 긱실 웃방에 안치고 디ᄉ는 문을 열고 긱
실에 들어가 원슈 겻태 안자 위로 왈 소승은 이 산즁에 잇
셔 글어한 소리을 듯지 못하엿삽기로 구경코져 왓나이
다 ᄒ건을 원슈 우서 왈 긱창한등에 심회을 즈아니
여 부나이다 ᄒ고 옥소을 다시 잡아 불라 홀 지음

하고 객실에 앉았더니 이때는 마침 추구월이라.

"금풍은 소슬하고 월색은 만정한데 어찌 심회를 진정하리오."

하고 행장의 옥소를 내어 일곡을 부니 봉구 황곡이라. 그 소리 청량하여 옥경에 솟았더라.

이적에 부인과 소저가 대사를 데리고 담화하다가 옥소 소리를 듣고 묻기를

"이 옥소 소리가 어디서 나나이까?"

대사 왈

"객실의 손이 응당 부는 듯하니 우리가 나가 은신하고 들어 보사이다."

하고 나와 부인과 소저는 객실 윗방에 앉히고 대사는 문을 열고 객실에 들어가 원수 곁에 앉아 위로 왈

"소승은 이 산중에 있어 그러한 소리를 듣지 못하였삽기로 구경코자 왔나이다."

하거늘 원수가 웃어 왈

"객창한등에 심회를 자아내어 부나이다."

하고 옥소를 다시 잡아 불려 할 즈음에

에 웃방에 인적이 잇건을 니렴에 헤오더 응당 소제
이곳에 잇서 나에 진위을 엽보눈쏘다 ᄒ고 한 곡죠을
불어 너니 그 곡죠에 ᄒ엿시되○너 사난 곳은 어딜넌고○
황셩 ᄯᅡᆼ 함양일쇠○형산에 차자들어 빅 홀님을 만너
쏘다○삼 연을 직조 비와 호국을 함몰함일세○반게
촌 차자가기도○선셩에 훈게로다○정묘연 광풍 만너○
단게화 간곳업다○심심즁지 금봉채는○난즁에 셔실[56)]
일셰○문난이 단게화는○이 산즁에 잇건만은 ○학발
노 여 부인도○쳔으로 살앗시면○힝 봉선 형제 보리로다
○도사 명감 안이시면○쳘이마상 뉘 알리요○옥소 소러 들
어시면 단게화 알리로다○ᄒ얏더라 도사 듯기을 다ᄒ
후에 왈 상공이 연전에 처자 몸이 되여 반게촌 빅 승

윗방에 인적이 있거늘 내념에 헤아리되

　'응당 소저가 이곳에 있어 나의 진위를 엿보는도다.'

　하고 한 곡조를 불어 내니 그 곡조에 하였으되

　　　내 사는 곳은 어디일런고? 황성 땅 함양일세.

　　　형산에 찾아들어 백 한림을 만났도다.

　　　삼 년을 재주 배워 호국을 함몰함일세.

　　　반계촌 찾아 가기도 선생의 훈계로다.

　　　정묘년 광풍 만나 단체화 간 곳 없다.

　　　심심장지 금봉채는 난중에 서실(閭失)일세.

　　　묻나니 단체화는 이 산중에 있건마는

　　　학발로 여 부인도 천의로 살았으면

　　　행여 봉과 선 형제 보리로다.

　　　도사 명감 아니시면 천리마상 뉘 알리오.

　　　옥소 소리 들었으면 단체화 알리로다.

　하였더라. 도사가 듣기를 다한 후에 왈

　"상공이 연전에 처자 몸이 되어 반계촌 백 승상

상 딕에 가 소졔와 갓치 거문고 화답ᄒᆞ단 곡죵을 부오나
소졔ᄂᆞᆫ 업사옵고 혼자 수고ᄒᆞ시니 도로혀 미안ᄒᆞ여이다
원수 왈 존사ᄂᆞᆫ 남을 너무 히롱 마옵소셔 ᄒᆞᆫ딕 딕스 웃방 문
을 열고 왈 여 부인 ᄌᆞ셔이 보옵소셔 연젼 반게촌에서 옥소
부던 한 소졔로소이다 부인이 평생 발리던 가랑이옵고
공ᄌᆞ 수일 후이면 상봉ᄒᆞᆫ다 ᄒᆞᆸ되다 ᄒᆞ고 인도ᄒᆞ여 보이
건을 부인과 소졔 일히일비ᄒᆞ여 실픠 통곡ᄒᆞ니 딕
사와 원수 위로 왈 부인은 너무 슬어 마옵소셔 ᄒᆞ건을
부인이 왈 봉선은 어딕 인ᄂᆞᆫ잇가 원수 왈 소생이 반게촌
을 덧나 황성에 가 공자 형졔을 만닉 도젹을 합몰ᄒᆞᆫ
고딕 원수ᄒᆞᆫ 말며 져간에 엿ᄎᆞ엿ᄎᆞ한 ᄉᆞ연을 낫낫치 고
ᄒᆞ니 부인과 소졔 더욱 비감ᄒᆞ더라 잇틀날 원수 부인

댁에 가 소저와 같이 거문고 화답하던 곡조를 부오나 소저는 없사옵고 혼자 수고하시니 도리어 미안하여이다."

원수 왈

"존사는 남을 너무 희롱 마옵소서."

한대 대사가 윗방 문을 열고 왈

"여 부인께서 자세히 보옵소서. 연전 반계촌에서 옥소 불던 한 소저로소이다. 부인이 평생 바라던 가랑이옵고 공자가 수일 후면 상봉한다 합디다."

하고 인도하여 보이거늘 부인과 소저가 일희일비하여 슬퍼 통곡하니 대사와 원수가 위로 왈

"부인은 너무 슬퍼 마옵소서."

하거늘 부인이 왈

"봉과 선은 어디 있나이까?"

원수 왈

"소생이 반계촌을 떠나 황성에 가 공자 형제를 만나 도적을 함몰한 곳에 원수를 하였으며…."

이러한 말이며 저간에 여차여차한 사연을 낱낱이 고하니 부인과 소저가 더욱 비감하더라.

이튿날 원수가 부인께

계 엿자오되 소생이 오날 날나 공 형졔을 모시리다 ᄒ고 직
시 ᄯ나 수일 만에 빅 할임 쳐소에 간이 할임 형졔 놀니
여 왈 형은 무삼 일로 급히 오시ᄂ잇가 ᄒ고 예필 좌졍
후에 원수 왈 슝공은 그간 부인 소졔예 소식을 들엇난
잇가 답 왈 듯지 못하여 쥬야 염여ᄒ난이다 원수 왈 상공
ᄯ나신 후 모일 모야에 선싱쎄서 현몽하시미 부인과
소졔 금봉산 화선암에 잇시니 소히 가라 ᄒ시기로 고히ᄒ
야 ᄎᄌ가 맛참 부인을 뵈이고 상공을 모시려 왓나이
다 ᄒ디 봉선 형졔 이 말을 듯고 디경 문 왈 형은 나에
못친을 ᄎᄌ신니 엇지 큰 은혜 아니리요 ᄒ고 직시 연관
을 불어 힝관ᄒ여 화선암에 지공과 교ᄌ 등물을 등
디ᄒ라 ᄒ고 일변 위왕과 승상쎄 기별ᄒ고 쥬효

여쭈되

"소생이 오늘 날아 상공 형제를 모시리다."

하고 즉시 떠나 수일 만에 백 한림 처소에 가니 한림 형제가 놀라 왈

"형은 무슨 일로 급히 오시나이까?"

하고 예필 좌정 후에 원수 왈

"상공은 그간 부인과 소저의 소식을 들었나이까?"

답하기를

"듣지 못하여 주야 염려하나이다."

원수 왈

"상공 떠나신 후 모일 모야에 선생께서 현몽하시매 부인과 소저가 금봉산 화선암에 있으니 속히 가라 하시기로 괴이하여 찾아가 마침 부인을 뵙고 상공을 모시러 왔나이다."

한대 봉과 선 형제가 이 말을 듣고 대경하여 묻기를

"형은 나의 모친을 찾았으니 어찌 큰 은혜가 아니리오."

하고 즉시 영관을 불러

"행관하여 화선암에 지공과 교자 등물(等物)을 등대하라."

하고 일변 위왕과 승상께 기별하고 주효를

을 나소와 원수을 위로ᄒᆞᄃ가 문 왈 원수는 이 사이에
무어슬 일치 안이ᄒᆞ연난이가 ᄃᆡ 왈 일젼 선싱 할임께
주시던 금봉채을 일언나이다 답 왈 금봉채는 엇지ᄒᆞ
여 주시던잇가 답 왈 간수ᄒᆞᄋᆞ다가 일후에 단게을 주
라 ᄒᆞᆸ데다 답 왈 단게을 아ᄂᆞᆫ잇가 아지ᄂᆞᆫ 못ᄒᆞ나이다 답
왈 금봉채는 우리 집 세전지물이요 단게는 나에 미시온
ᄃᆡ 선조게서 인연 지시ᄒᆞᆷ이로다 향ᄌᆞ에 우리 형졔 ᄂᆡ궁
에서 나옴이 형이 무엇을 가지고 엿ᄎᆞ엿ᄎᆞ ᄒᆞ기로 고히
ᄒᆞ여 그 후에 ᄂᆡ여 보니 과연 우리 집 기물이기로 ᄂᆡ
종을 보리라 ᄒᆞ고 간수ᄒᆞ엿던이 바드소서 ᄒᆞ고
주며 서로 히롱ᄒᆞ더라 잇튼날 발힝ᄒᆞ여 수일 만
에 동구에 다다르니 무삼 비각이 잇시되 치식이 역

바치고 원수를 위로하다가 묻기를

"원수는 이 사이에 무엇을 잃지 아니하였나이까?"

대답하기를

"일전 선생 한림께서 주시던 금봉채를 잃었나이다."

답하기를

"금봉채는 어찌하여 주시더이까?"

답하기를

"간수하였다가 일후에 단계를 주라 합디다."

답하기를

"단계를 아나이까?"

"알지는 못하나이다."

답하기를

"금봉채는 우리 집 세전지물(世傳之物)이요, 단계는 나의 매씨(妹氏)온대 선조께서 인연 지시함이로다. 접때 우리 형제 내궁에서 나오매 형이 무엇을 가지고 여차여차하기로 괴이하여 그 후에 내어보니 과연 우리 집 기물이기로 나중을 보리라 하고 간수하였더니 받으소서."

하고 주며 서로 희롱하더라.

이튿날 발행하여 수일 만에 동구에 다다르니 무슨 비각이 있으되 채색이

롱ᄒᄒ건을 ᄌ서이 보니 조부에 비각이라 금자로 쌕엿
시되 ᄃ국 안찰사 할임학사 빅공 불망비라 ᄒ엿더라
할임 형제 국궁사비ᄒ니 졔장 군졸이 일시에 지비ᄒ더
라 슘즁 즁이 계예 다다르니 협방에서 부인 우름소ᄅ 들
이건늘 계승을 달이고 들어가 부인 젼에 복지 통곡
ᄒ니 부인과 소졔 봉션이란 말을 듯고 봉션아 너 어ᄃ
갓다가 왓는다 봉션 못친을 붓들고 실피 통곡ᄒ니
쳔지일월이 무광ᄒ더라 봉션이 망월ᄃ사 젼에 재비
왈 이별ᄒ시 쩌예 위국지경으로 자연 만나리ᄅ ᄒ시더
니 이졔와 만닐 쥴 엇지 뜻ᄒ엿시릿가 나에 못친과 밋씨
을 인도ᄒ와 ᄒ가지 계시니 션싱에 하ᄒᄒ지ᄐᆨ을 엇지 다
갑사오릿가 ᄒ고 져간에 고상ᄒ던 말이며 위국에셔

영롱하거늘 자세히 보니 조부의 비각이라. 금자로 새겼으되

대국 안찰사 한림학사 백공 불망비(不忘碑)라

하였더라.

한림 형제가 국궁사배(鞠躬四拜)하니 제장 군졸이 일시에 재배하더라. 세 장수가 중계에 다다르니 협방에서 부인 울음소리가 들리거늘 제승을 데리고 들어가 부인 전에 복지 통곡하니 부인과 소저가 봉과 선이라는 말을 듣고

"봉과 선아, 너희는 어디 갔다가 왔느냐?"

하니 봉과 선이 모친을 붙들고 슬피 통곡하니 천지 일월이 무광하더라. 봉과 선이 망월대사 전에 재배 왈

"이별하실 때에 위국지경으로 자연 만나리라 하시더니 이제와 만날 줄 어찌 뜻하였으리까? 나의 모친과 매씨를 인도하여 함께 계시니 선생의 하해지택(河海之澤)을 어찌 다 갚사오리까?"

하고 저간에 고생하던 말이며 위국에서

췩처훈 말을 더강 셜화훈디 부인이 듯고 엇지 너의 지
조라 흐리요 더스 덕은 엿천여희로소이다 흐며 층찬
흐시더라 봉선 형졔 직시 못친과 밋씨와 운경처을 다
리고 도라올시 더스 봉선에게 당부 왈 황셩 가난 길에
더환을 만닐 것시니 조심흐라 흐더라 힝군한 지 수일
만에 위국 궐너여 들어가 각각 처소을 정좌할새 부인
과 소계 홀님 전에 복지 체읍 왈 할님 쩌나신 후로 혼
스흐이 다 고국을 하즉흐고 각각 군명도생57)흐옵더가
천힝으로 이리 만닐 쥴 엇지 아랏시리요 흐디 할임이 쏘
비감 왈 부인은 그간 가화을 피하여 연약훈 단게을
달고 고상흐온 일은 엇지 다 층양흐오릿가 서로 위로
흐더라 이윽고 두 공즈 나옴이 팔십 궁예 옹위흐여 보

취처한 말을 대강 이야기한대 부인이 듣고

"어찌 너의 재주라 하리오. 대사 덕은 여천여해(如天如海)로소이다."

하며 칭찬하시더라. 봉과 선 형제가 즉시 모친과 매씨와 운경 처를 데리고 돌아올새 대사 봉과 선에게 당부 왈

"황성 가는 길에 대환을 만날 것이니 조심하라."

하더라. 행군한 지 수일 만에 위국 궐내에 들어가 각각 처소를 정좌할새 부인과 소저가 한림 전에 엎드려 체읍(涕泣) 왈

"한림이 떠나신 후로 혼사하니 다 고국을 하직하고 각각 구명도생(苟命圖生)하옵다가 천행으로 이리 만날 줄 어찌 알았으리오."

한대 한림이 또 비감(悲感) 왈

"부인은 그간 가화(家禍)를 피하여 연약한 단계를 데리고 고생한 일은 어찌 다 칭양하오리까?"

하며 서로 위로하더라. 이윽고 두 공자가 나오매 팔십 궁녀가 옹위하여 보이거늘

이건늘 부인이 히식이 만안ᄒ여 왈 고진감너 홍진비

너라 ᄒ던이 오날날 볼진딘 날로 두고 이름이라 하더라 봉

선 형져 승상 양위쎄 엿ᄌ오디 환 원수와 ᄉ셩을 동거ᄒ

와 셩공ᄒ옴이 소자 등은 취처ᄒ엿되 환 원수는 지금

싸짐 미취ᄒ엿시니 승상은 심양ᄒ옵소서 ᄒ디 부인

과 승상이 길겨 ᄒ여 직시 퇵일하야 셩예ᄒ이라 일일은 소

졔 부인에게 엿ᄌ오되 이운경에 은혀 잇지 못할 거시니

운경에 여식으로 환 원수에 총첩으로 모시게 ᄒ옵

소서 ᄒ디 직시 운경에 쳐을 불어 엿ᄎ엿ᄎᄒ오니 쓰

지 엇더ᄒ요 운경에 쳐 빅비스례ᄒ고 직시 이 소졔로 ᄒ

야곰 한 원수에 총첩으로 모시게 ᄒ더라 이젹에 황졔

봉선 형졔와 한화룡을 수말이 젹국에 보니고 침식

부인이 회색이 만안하여 왈

"고진감래(苦盡甘來), 흥진비래(興盡悲來)라 하더니 오늘 볼진대 나를 두고 이름이라."

하더라. 봉과 선 형제가 승상 양위께 여쭈되

"한 원수와 사생을 동거하여 성공하매 소자 등은 취처하였으되 한 원수는 지금까지 미취하였으니 승상은 심려하옵소서."

한대 부인과 승상이 즐겨 하여 즉시 택일하여 성례하니라.

일일은 소저가 부인에게 여쭈되

"이운경의 은혜는 잊지 못할 것이니 운경의 여식으로 한 원수의 총첩으로 모시게 하옵소서."

한대 즉시 운경의 처를 불러 여차여차하오니 뜻이 어떠한가 하니 운경의 처 백배사례하고 즉시 이 소저로 하여금 한 원수의 총첩으로 모시게 하더라.

이적에 황제가 봉과 선 형제와 한화룡을 수만 리 적국에 보내고 침식이

이 불안ᄒ지 거이 슴 연이라 소식이 돈절ᄒ여 줌을 일
루지 못ᄒ고 서안을 이지ᄒ야 줌간 조우던니 일몽을 어
덧시되 빅화 일지 동문으로 들러와 변화ᄒ여 빅호되민
궐닉에 달여들어 사람을 무수이 상ᄒ고 작난ᄒ여 황
제 황급ᄒ여 틱즈을 달이고 서문으로 나가 보이건늘
놀닉 찌달르니 남가몽이라 고히ᄒ여 심긱ᄒ되 봉선 형
제 적국에 들어가 반다시 틱환을 당ᄒ엿도다 ᄒ고 왈 만
일 글어ᄒ면 중차 틱환이 잇시 거시요 나난 뉘을 달이
고 국사을 이논ᄒ리요 사직을 엇지 할고 ᄒ시며 안잣
던이 맛참 날이 발건을 종석을 불나 몽사을 이논ᄒ
실새 종석이 복지 쥬 왈 국가에 틱환을 당ᄒ엿시니
이 이를 장차 엇지ᄒ료이잇가 ᄒᄃᆡ 황제 틱경ᄒ사 왈

불안한 지 거의 삼 년이라. 소식이 돈절하여 잠을 이루지 못하고 서안을 의지하여 잠깐 졸더니 일몽을 얻었으되 백화 한 가지가 동문으로 들어와 변화하여 백호 되매 궐내에 달려들어 사람을 무수히 상해하고 작란하여 황제가 황급하여 태자를 데리고 서문으로 나가 보이거늘 놀라 깨달으니 남가몽이라. 괴이하여 생각하되

'봉과 선 형제가 적국에 들어가 반드시 대환을 당하였도다.'

하고 왈

"만일 그러하면 장차 대환이 있을 것이오. 나는 누구를 데리고 국사를 의논하리오. 사직을 어찌 할고?"

하시며 앉았더니 마침 날이 밝거늘 종석을 불러 몽사를 의논하실 새 종석이 땅에 엎드려 아뢰기를

"국가에 대환을 당하였으니 이를 장차 어찌하리이까?"

한대 황제가 대경하사 왈

길흉을 ᄌ서이 싱각ᄒ여 보라 종석이 ᄯ 엿자오ᄃ
빅호 궐너예 들어와 작난홈은 도적이옵고 빅화 일지
ᄂ 화빅인가 ᄒ나이다 실노 화빅은 ᄌ식이 숨형졔요
벼살이 일품이라 만조빅관이 다 화빅에 영을 ᄯ차오니
신에 싱긱에ᄂ 화빅에 ᄉ 부즌가 십품니다 엇지 국가에 ᄃ
환이 안이릿가 황졔 왈 글어ᄒ면 엇지할이요 종석이 왈
화빅에 ᄉ 부ᄌ을 다 죽이오면 근심을 들가 ᄒ나이다 황
졔 왈 봉선에 소식을 들고 화빅을 쳬참할이라 ᄒᄃ
종석이 할이럽셔 물어 나온이라 각셜 이젹에 졍화빅
빅이 벌셔붓터 반조홀 ᄯ을 두엇시되 봉선 형졔을 둘
여ᄒ야 셩이치 못ᄒ고 봉선 형졔 젹국에 들어가 쳔힝
으로 퍼진ᄒ면 셩공ᄒ리라 ᄒ고 쥬야 발러더니 일일

"길흉을 자세히 생각하여 보라."

종석이 또 여쭈되

"백호 궐내에 들어와 작란함은 도적이옵고, 백화 한 가지는 화백인가 하나이다. 실로 화백은 자식이 삼형제요, 벼슬이 일품이라. 만조백관이 다 화백의 명령을 쫓으오니 신의 생각에는 화백의 사 부자인가 싶습니다. 어찌 국가에 대환이 아니리까?"

황제 왈

"그러하면 어찌하리오."

종석이 왈

"화백의 사 부자를 다 죽이면 근심을 덜까 하나이다."

황제 왈

"봉과 선의 소식을 듣고 화백을 처참하리라."

한대 종석이 하릴없어 물러 나오니라.

각설. 이적에 정화백이 벌써부터 반조할 뜻을 두었으되 봉과 선 형제를 두려워하여 이루지 못하고 봉과 선 형제가 적국에 들어가 천행으로 패진하면 성공하리라 하고 주야 바라더니 일일은

은 들으미 봉선은 아이 오고 장졸만 들어오건늘 화빅이 궐

문 박계 나와 왈 너희는 말이 젹국에 갓다가 무사이 득달호

연는 혼디 졔장 군졸이 일시에 보이건늘 화빅이 왈 봉

선 형졔는 아이 온는다 졔장 군졸이 답 왈 할임 형졔는

엿추엿추호와 못 오시고 취후호야 오는 글월을 싹가 보니

더이다 화빅이 왈 그 글월을 올이라 혼디 졔장이 엿즈오디

이 글월은 황상게 올니는 글월이오니 엇지 보랴 호시는잇

가 화빅이 디로호야 효영을 추상갓치 호건을 중졸이

그 영을 거역치 못호야 올니건늘 바다 기탁호니 호엿

시되 황상 탑하에 글월을 올이오니 소장 등이 페하을

싸나 호국에 득달호여 호왕을 황복 밧고 신의 붓친을

모시고 오난 길에 위국 공쥬을 칮처호옵고 듯사옴미

신에 못친이 위국지경에 잇다 호옵기로 발로 오지 못

들으매 봉과 선은 아니 오고 장졸만 들어오거늘 화백이 궐문 밖에 나와 왈

"너희는 만리 적국에 갔다가 무사히 득달하였는가?"

한대 제장 군졸이 일시에 보이거늘 화백이 왈

"봉과 선 형제는 아니 오느냐?"

제장 군졸이 답하기를

"한림 형제는 여차여차하여 못 오시고 추후하여 오는 글월을 닦아 보내더이다."

화백이 왈

"그 글월을 올리라."

한대 제장이 여쭈되

"이 글월은 황상께 올리는 글월이오니 어찌 보려 하시나이까?"

화백이 대로하여 호령을 추상같이 하거늘 장졸이 그 명령을 거역치 못하여 올리거늘 받아 개탁하니 하였으되

　　황상 탑하에 글월을 올리오니 소장 등이 폐하를 떠나 호국에 득달하여 호왕을 항복 받고 신의 부친을 모시고 오는 길에 위국 공주를 취처하옵고 듣사오매 신의 모친이 위국지경에 있다 하옵기로 바로 오지

ᄒ옵고 신에 못 차자 홈게 ᄀ고져 ᄒ와 즁졸을 먼져 보니오니
호왕에 황셔와 신에 짓체ᄒ난 글월을 ᄶ가 올이오니 황상은 그
간 귀체을 안보ᄒ옵소서 신에 짓체ᄒ는 죄는 일후에 당ᄒ리
이다 ᄒ엿더라 화빅이 보기를 다함이 니염에 왈 일후에 봉
션 오면 나난 반다시 싁탈관싁 할 거신니 잇더을 발이고 어
ᄂ 써여 셩사ᄒ리요 직시 ᄒᆡᆼ쟁을 풀어 갑쥬을 니여 입고
쳥용도을 ᄲᅦ겨 들고 호령 왈 군즁에 무쟝 군령이요 불문
쳐자 죄라 하엿시니 너희 등은 만약 니예 명을 거역ᄒ면 쳬참
하리라 ᄒ고 직시 ᄌᆞ식 삼 형졔을 엿ᄎ엿ᄎ ᄒ여 니응ᄒ라 ᄒ
고 쟝졸을 유진ᄒ건늘 졔쟝 군졸이 앙쳔 단 왈 승
상은 무삼 일을 일엇써 ᄒ연는고 소쟝 등이 수말 이 타국에
할임 형졔을 모시고 쟝졸 하낫도 상한 비 업삽고 고국

못하옵고 신이 못 찾아 함께 가고자 하여 장졸을 먼저 보내오니 호왕의 항서와 신의 지체하는 글월을 닦아 올리오니 황상은 그간 귀체를 안보하옵소서. 신의 지체하는 죄는 일후에 당하리이다.

하였더라. 화백이 보기를 다하매 내념에 왈

"일후에 봉과 선이 오면 나는 반드시 삭탈관직 할 것이니 이때를 버리고 어느 때에 성사하리오."

하고 즉시 행장을 풀어 갑주를 내어 입고 청룡도를 빗겨 들고 호령 왈

"군중의 무장군령이요, 불문처자 죄라 하였으니 너희 등은 만약 나의 명을 거역하면 처참하리라."

하고 즉시

"자식 삼 형제를 여차여차하여 내응하라."

하고 장졸을 유진하거늘 제장 군졸이 앙천 탄 왈

"승상은 무슨 일을 이렇게 하였는고? 소장 등이 수만 리 타국에 한림 형제를 모시고 장졸 하나도 상한 바 없삽고 고국에

에 돌아와 황상을 보옵고 부모처자을 상봉ᄒ고 황상에
너부신 덕틱으로 디고을 발너던니 승상 벼살이 일품이
라 무어시 부족ᄒ와 역젹지심을 두난잇가 승상이 일향
글러ᄒ면 우리들은 도로 위국으로 갈야 ᄒ나이다 ᄒ디
화빅이 불노ᄒ여 무사을 명ᄒ여 장쫄 삼십여 명을 버히
니 나무 장사 삼쳔여 명이 망명도쥬ᄒ야 위국으로 향하닌라
이젹에 화빅이 궐너에 들어가 탑젼에 쥬 왈 호국 갓단
장쫄 삼쳔여 명이 픠ᄒ여 망명도쥬ᄒ옵고 호왕도 로병인연 원쑤
을 갑
고져 ᄒ여 디병을 거나리고 위국을 지니온다 ᄒ오니 황
상은 이 이를 장차 엇지ᄒ오릿가 ᄒ디 황졔 디경 왈 경은

돌아와 황상을 보옵고 부모처자를 상봉하고 황상의 넓으신 덕택으로 대곡을 호가하더니 승상 벼슬이 일품이라. 무엇이 부족하여 역적 지심을 두나이까?"

승상이

"일향 그러하면 우리들은 도로 위국으로 가려 하나이다."

한대 화백이 분노하여 무사를 명하여 장졸 삼십여 명을 베니 남은 장사 삼천여 명이 망명도주하여 위국으로 향하니라.

이적에 화백이 궐내에 들어가 탑전에 아뢰기를

"호국 갔다는 장졸 삼천여 명이 패하여 망명도주하옵고 호왕이 도로 병인년 원수를 갚고자 하여 대병을 거느리고 위국을 지나온다 하오니 황상은 이 일을 장차 어찌하오리까?"

한대 황제가 대경 왈

"경은

젹기이 들언눈다 종셕이 엿자오디 봉션 형졔눈 간 디로 퍼
할 사롬이 아이오니 황상은 너무 근심 마옵소셔 흐더니 이윽고
쳣탑이 보하되 호왕이 디군을 거나리고 즁원 칠십여 셩 아시
고 들어온다 흐오니 황상은 급히 기병흐야 젹병을 마그소셔
흐니 황졔 드시 싱각흐되 종셕이 해몽을 잘못한가 흐여
우션 일남으로 막으라 흐신디 이 종셕 엿자오디 셜사 호
왕이 온다 한들 일남이 엇지 당할이잇가 황상은 진정흐옵
소셔 흐디 일남과 졔신이 일에 쥬 왈 져러한 간신을 조졍
에 두엇시니 엇지 일런 이리 업시릿가 복걸 황상은 일남으
로 션봉을 졍흐옵소셔 황졔 졔신에 말을 올히 역여
일남으로 션봉으로 졍흐고 왈 경은 젹병을 물이치고 짐에

적기에 들었느냐?"

종석이 여쭈되

"봉과 선 형제는 가는 대로 패할 사람이 아니오니 황상은 너무 근심 마옵소서."

하더니 이윽고 체탐이 보하되

호왕이 대군을 거느리고 중원 칠십여 성을 뺏고 들어온다 하오니 황상은 급히 기병하여 적병을 막으소서.

하니 황제 다시 생각하되 종석이 해몽을 잘못하였는가 하여 우선 일남으로 막으라 하신대 종석이 여쭈되

"만약 호왕이 온다 하면 일남이 어찌 당하리이까? 황상은 진정하옵소서."

한대 일남과 제신이 이에 아뢰기를

"저러한 간신을 조정에 두었으니 어찌 이런 일이 없으리까? 복걸 황상은 일남으로 선봉을 정하옵소서."

황제가 제신의 말을 옳게 여겨 일남으로 선봉을 정하고 왈

"경은 적병을 물리치고 짐의

근심을 들게 ᄒ라 ᄒ신디 일남이 ᄒ직ᄒ고 장쫄을 건라
리고 문 박게 나와 직시 회국ᄒ여 물미듯ᄒ니 뉘 능히 마
그리요 빅셩이 피날ᄒ더라 화빅이 들어와 광화문을
버히고 창금으로 치며 국왕은 들으라 봉선이 업시
니 뉠노 ᄒ여 막으리요 천운이 쓴어젓시니 밧비 옥사을 올
이고 나가라 ᄒ며 들어와 황상을 차지니 벌서 도망ᄒ엿더라
잇쩌는 츄구월이라 이젹에 일남이 나간 후에 종석이 무
선 일 잇실가 ᄒ여 탑젼에 쩌나지 안이ᄒ고 잇던니 화빅에
호통소릭을 들고 이리 시급함이 황상을 모시고
디즛을 달이고 이날 밤에 서문으로 너달나 심심산곡
에 들어가 암상을 이지ᄒ여 환을 피ᄒ더라 잇튼날

근심을 덜게 하라."

하신대 일남이 하직하고 장졸을 거느리고 문 밖에 나와 즉시 회군하여 물밀 듯하니 뉘 능히 막으리오. 백성이 피난하더라. 화백이 들어와 광화문을 베고 창검으로 치며

"국왕은 들으라. 봉과 선이 없으니 뉘로 하여 막으리오. 천운이 끊어졌으니 바삐 옥새를 올리고 나가라."

하며 들어와 황상을 찾으니 벌써 도망하였더라.

이때는 추구월이라. 이적에 일남이 나간 후에 종석이 무슨 일 있을까 하여 탑전에서 떠나지 아니하고 있더니 화백의 호통소리를 듣고 일이 시급하매 황상을 모시고 태자를 데리고 이날 밤에 서문으로 내달아 심심산곡에 들어가 암상을 의지하여 환을 피하더라. 이튿날

65 – 앞

평명에 바러보니 피란ᄒᆞ는 지 부지기수라 황제 앙
천 탄 왈 송실이 ᄂᆡ게 와 망할 쥴 엇지 아랏시리요 문
난이 젹병이 위국으로 왓시면 경은 엇지 아지 못ᄒᆞ난다 죵
셕 엿자오ᄃᆡ 타국 젹병이 아이요 졍화빅이 졔 ᄌᆞ식과 엿ᄎᆞ
엿ᄎᆞᄒᆞ옵고 일젼에 조발ᄒᆞ얀 중졸을 달고 회군ᄒᆞ야 작난ᄒᆞ
나이다 황졔 들으시고 ᄃᆡ경 왈 그놈을 발서 쥭일 거시로ᄃᆡ
경에 말을 듯지 아이ᄒᆞ고 살여 두엇던이 환을 당ᄒᆞ엿도
다 이젹 졍화빅이 룡상에 안ᄌᆞ 하영 왈 밧비 국왕을 잡
아 밧치고 옥사을 올이라 ᄒᆞᆫᄃᆡ 만조빅관이 중졸을
ᄉᆞ쳐에 보ᄂᆡ더라 이젹에 봉선 형제 위국을 ᄯᅥ난 지 숨
연이라 속히 힝군ᄒᆞ야 올시 쳔병만마 좌우에 옹위ᄒᆞ
고 기휘 창금은 이월을 히롱하더라 일일은 봉선이

평명에 바라보니 피난하는 자가 부지기수라. 황제가 앙천 탄 왈

"송실이 내게 와 망할 줄 어찌 알았으리오. 묻나니 적병이 위국으로 왔으면 경은 어찌 알지 못하느냐?"

종석이 여쭈되

"타국 적병이 아니요, 정화백이 제 자식과 여차여차하옵고 일전에 조발한 장졸을 데리고 회군하여 작란하나이다."

황제가 들으시고 대경 왈

"그놈을 벌써 죽일 것으로되 경의 말을 듣지 아니하고 살려 두었더니 환을 당하였도다."

이적 정화백이 용상에 앉아 하령 왈

"바삐 국왕을 잡아 바치고 옥새를 올리라."

한대 만조백관이 장졸을 사처에 보내더라.

이적에 봉과 선 형제가 위국을 떠난 지 삼 년이라. 속히 행군하여 올새 천병만마 좌우에 옹위하고 기치 창검은 일월을 희롱하더라. 일일은 봉과 선이

서안을 이지ᄒ야 조울신 비몽 간에 황상이 필마단기로 왓
시되 칼을 쎄여 들고 봉선을 쑤지저 왈 너난 엇지 나을 몰
으난다 ᄒ며 말게 랄여 보이건을 기다르이 남가일몽이라
디경ᄒ야 직시 나가 천기을 살펴보니 횡성이 벌서 잘이
을 옴겨 운무 덥허덧라 봉선이 디경ᄒ야 직시 힝중을
수십ᄒ야 황성을 향할신 화산역에 달달으니 맛참 날
이 발건늘 말을 경계 왈 너도 송나라 강산 정기을 타낫신니 지
금 황상이 급한 환을 만넛시니 심을 다하여 시각에 화성
에 득달ᄒ라 ᄒ고 철채을 들어 히롱ᄒ이 쌜으기 살 갓더
더라 순식간에 반계초에 당도ᄒ여 본가에도 들지 못ᄒ
고 무금산 어구에 달달으니 은은한 소러 나건을 수상
ᄒ여 직시 본두선을 너여 붓치니 이윽고 화광이 츙천

서안을 의지하여 졸새 비몽 간에 황상이 필마단기로 왔으되 칼을 빼어 들고 봉과 선을 꾸짖어 왈

"너는 어찌 나를 모르느냐?"

하며 말에 내려 보이거늘 깨달으니 남가일몽이라. 대경하여 즉시 나가 천기를 살펴보니 황성이 벌써 자리를 옮겨 운무를 덮었더라. 봉과 선이 대경하여 즉시 행장을 수습하여 황성을 향할새 화산역에 다다르니 마침 날이 밝거늘 말을 경계 왈

"너도 송나라 강산 정기를 타고났으니 지금 황상이 급한 환을 만났으니 힘을 다하여 시각에 황성에 득달하라."

하고 철채를 들어 희롱하니 빠르기가 살 같더라. 순식간에 반계촌에 당도하여 본가에도 들지 못하고 무금산 어구에 다다르니 은은한 소리 나거늘 수상하여 즉시 봉두선을 내어 부치니 이윽고 화광이 충천하여

ᄒ야 복병을 녹이더라 직시 산 어구을 버서저 나오민 일
어한 변을 수삼 츠 보안난지라 ᄯᅩ 일지병이 충금을 들고 오
건늘 한칼로 벼혀오리라 ᄒ고 달여든이 이는 호국에 갓치 갓
단 장졸이 원수 문 왈 너히는 지금거진 못 갓시며 무삼 일로
급히 오난다 군졸이 체읍 왈 원수는 엇지ᄒ야 인재 오시난
잇가 소장 등이 모월 모일에 황성에 달으니 화빅이 원수에
글월을 아사 보고 엿츠엿츠기로 쇼즁 등이 불쳥홈미
화빅이 칼을 들어 즁졸 삼십여 명을 버히기로 소즁 등이
황급ᄒ와 원수을 츠즈오나이다 ᄒ고 달여 통곡ᄒ건을
위틴한이 너난 금심 말고 니 뒤을 ᄯᅩ츠오라 ᄒ고 가더라
이젹에 황졔 종셕을 달이고 기실시 일일은 종셕이 엿자

복병을 녹이더라. 즉시 산 어귀를 벗어나매 이러한 변을 수삼 차 보았는지라. 또 일지병이 창검을 들고 오거늘 한칼로 베어오리라 하고 달려드니 이는 호국에 같이 갔던 장졸이라. 원수가 묻기를

"너희는 지금까지 못 갔으며 무슨 일로 급히 오느냐?"

군졸이 체읍 왈

"원수는 어찌하여 이제 오시나이까? 소장 등이 모월 모일에 황성에 닿으니 화백이 원수의 글월을 앗아 보고 여차여차하기로 소장 등이 불청하매 화백이 칼을 들어 장졸 삼십여 명을 베기로 소장 등이 황급하여 원수를 찾아오나이다."

하고 달려와 통곡하거늘

"위태하니 너는 근심 말고 내 뒤를 쫓아오라."

하고 가더라.

이적에 황제가 종석을 데리고 가실새 일일은 종석이 여쭈되

천기을 잠간 보니 황상에 쥬셩이 점점 흑운이 버서나옵고 남
방으로 즁셩 둘이 응하엿시니 명장 둘이 오난가 십푸니다 황
졔 갈라사디 수말 이 젹국에 간 즁스 엇지 알고 들어오리요
흐시더라 이젹 원수 황셩 동문 박게 달나 워여 왈 네
놈은 무삼 일노 셩외 셩니예 와 사는다 흐며 진을 헷치고 즁
스 오십 명을 벼히고 셩문을 짓치고 들어가니 능히 마
글 지 업더라 일남 숨 형재을 버히고 좌우츙돌흐니 장
사 쥭음미 구시월 나문입 갓더라 훗통 왈 화빅은 어디
잇시며 황상은 어디 게시눈단 흐난 소리 천지진동흐더
라 장쫄이 넛즈오디 화빅이 잣칭 천즈라 흐고 궐니예 잇
고 황상은 어디로 가신지 모로나이다 원수 더욱 분기등
등하더라 이젹에 화빅이 룡상에 안잣더가 쳬탑이 보하

"천기를 잠깐 보니 황상의 주성이 점점 흑운이 벗어나옵고 남방으로 장성 둘이 응하였으니 명장 둘이 오는가 싶습니다."

황제 가라사대

"수만 리 적국에 간 장수 어찌 알고 들어오리오."

하시더라.

이적 원수가 황성 동문 밖에 달리며 외쳐 왈

"네놈은 무슨 일로 성외 성내에 와 사느냐?"

하며 진을 헤치고 장수 오십 명을 베고 성문을 깨치고 들어가니 능히 막을 자 없더라. 일남이 삼 형제를 베고 좌우충돌하니 장수 죽음이 구시월 나뭇잎 같더라. 호통 왈

"화백은 어디 있으며 황상은 어디 계시느냐?"

하는 소리 천지진동하더라. 장졸이 여쭈되

"화백이 자칭 천자라 하고 궐내에 있고 황상은 어디로 가신지 모르나이다."

하니 원수 더욱 분기등등하더라. 이적에 화백이 용상에 앉았다가 체탐이 보하되

되 봉선 형제 진을 헷고 성즁에 들어와 회힝ᄒ며 틱즈
슘 형지을 한 칼로 버히고 무인지경갓치 드러온다 ᄒ건
을 화빅이 디경ᄒ야 칼을 들고 용상을 치며 왈 셩외 셩
너에 십만 병이 잇건을 엇지 조고만ᄒ 봉선 형제을 당치
못ᄒ 쏘 일남 삼 형졔을 죽엿시니 늴노 더부러 국사을 이
논ᄒ리요 하며 왈 쳔지 망아요 비쳔지죄라 ᄒ더라 이윽
고 광화문이 문어지며 벽역쌋튼 소리 지르며 들어오
니 화빅이 황급ᄒ야 후원을 너머 셔문으로 니달아 필
마단기로 달아나더라 궁에 십여 명이 나와 원슈에 말
머리을 잡고 엿즈오되 화빅 직금 너셩을 너머 셔문으
로 간나이다 원수 직시 말을 챳처 셔문 니달나 쏫차

봉과 선 형제가 진을 헤치고 성중에 들어와 회행하며 태자 삼 형제를 한 칼로 베고 무인지경같이 들어온다.

하거늘 화백이 대경하여 칼을 들고 용상을 치며 왈

"성외 성내에 십만 병이 있거늘 어찌 조그마한 봉과 선 형제를 당치 못하리오. 또 일남이 삼 형제를 죽였으니 뉘로 더불어 국사를 의논하리오."

하며 왈

"천지망아(天之亡我)요, 비전지죄(非戰之罪)라."

하더라. 이윽고 광화문이 무너지며 벽력같은 소리 지르며 들어오니 화백이 황급하여 후원을 넘어 서문으로 내달아 필마단기로 달아나더라. 궁녀 십여 명이 나와 원수의 말 머리를 잡고 여쭈되

"화백이 지금 내성을 넘어 서문으로 갔나이다."

원수가 즉시 말을 채쳐 서문으로 내달아 쫓아

가더니 화빅이 룡포을 입고 필마단기로 달아나건을 원수

웨여 왈 화빅은 달지 말고 니 칼을 바드라 ㅎ는 소리 강산

이 문아지난지라 화빅이 할이업서 말게 날여 룡표을

버서 팔이 글고 말 압헤 꿀안자 엿자오디 소인이 천운을

몰으고 범남58)ㅎ 죄을 범ㅎ오니 죽여 맛당ㅎ오니 원수 덕

틱에 잔명을 살여쥬소셔 ㅎ고 익걸ㅎ건을 원수 호령

왈 황상은 어데 게시며 네 팔에 건 거시 무어시며 옥사는 엇

지 ㅎ연난다 ㅎ며 쌸이 아뢰라 혼다 화빅 쓸며 왈 황

상은 과연 어데 게신 쥴 몰으옵고 옥사도 소인 아이 가

전나이다 원수 쑤지져 왈 네 일형 당돌ㅎ난다 화

빅이 엿자오디 소인 원수에 금광을 쏘차 쥴을만져

가더니 화백이 용포를 입고 필마단기로 달아나거늘 원수가 외쳐 왈

"화백은 달아나지 말고 내 칼을 받으라."

하는 소리에 강산이 무너지는지라. 화백이 하릴없어 말에서 내려 용포를 벗어 팔에 걸고 말 앞에 꿇어 앉아 여쭈되

"소인이 천운을 모르고 범람한 죄를 범하여 죽여 마땅하오니 원수 덕택에 잔명(殘命)을 살려 주소서."

하고 애걸하거늘 원수가 호령 왈

"황상은 어디 계시며 너의 팔에 건 것이 무엇이며 옥새는 어찌 하였느냐?"

하며

"빨리 아뢰라."

한대 화백이 떨며 왈

"황상은 과연 어디 계신 줄 모르옵고 옥새도 소인이 가지지 아니 하였나이다."

원수가 꾸짖어 왈

"네가 이리 당돌하느냐?"

화백이 여쭈되

"소인이 원수의 검광을 쫓아 죽을망정

황상 가신 쥴은 과연 몰으나이다 원수 호령 왈 네 벼
슬이 일품이라 무어시 부족ᄒ여 역적이 되단 말가 네 죄
을 논지퀸다 살지무석[59]이라 황상을 모신 후에 쳬참홀
이라 ᄒ고 즁국에 분부ᄒ여 이놈을 결박 두러 ᄒ고
셩즁에 들어와 황상 게신디을 몰나 근심ᄒ더라 잇ᄢᄂᆞᆫ 시
월 망간이라 원수 이날 밤에 잠을 이루지 못ᄒ고 잠간
쳔기을 본이 즁셩이 광채 찰난한지라 직시 말을 타고 ᄯᅥ
난이라 이젹에 황졔 종셕과 틱ᄌᆞ을 달이고 잇던이 이윽고
문 박게 소리 ᄂᆞ건을 틱ᄌᆞ 급히 문을 열고 보니 소연 디
즁 양인이 들어와 우리은 호국 갓단 봉선 형졔로소이
다 ᄒ디 종셕이 너달라 손을 잡고 왈 원수ᄂᆞᆫ 엇지 인졔
오시ᄂᆞᆫ잇가 황상이 이곳디 게신다 ᄒ고 틱ᄌᆞ와 종셕이

황상 가신 줄은 과연 모르나이다."

원수가 호령 왈

"네 벼슬이 일품이라. 무엇이 부족하여 역적이 된단 말인가? 네 죄를 논지컨대 살지무석(殺之無惜)이라. 황상을 모신 후에 처참하리라."

하고 중국에 분부하여

"이놈을 결박해 두라."

하고 성중에 들어와 황상 계신 데를 몰라 근심하더라.

이때는 시월 망간이라. 원수가 이날 밤에 잠을 이루지 못하고 잠깐 천기를 보니 중성이 광채 찬란한지라. 즉시 말을 타고 떠나니라.

이적에 황제가 종석과 태자를 데리고 있더니 이윽고 문 밖에 소리가 나거늘 태자가 급히 문을 열고 보니 소년과 대장 양인이 들어와

"우리는 호국 갔던 봉과 선 형제로소이다."

한대 종석이 내달아 손을 잡고 왈

"원수는 어찌 이제 오시나이까? 황상이 이곳에 계시나이다."

하고 태자와 종석이

반가온 마음을 이기지 못하더라 황졔 방에서 봉선이란 말을
들으시고 꿈인야 싱신야 봉선이 쥬 왈 신에 형졔 위국에
짓체하옵기로 황상이 그간에 이란 환을 만넛시온이 이난 다
신에 죄로소이다 흔디 황졔 정신을 진정하여 봉션에 손
을 잡고 왈 경등은 짐을 위하여 수말 이 젹국에 무사이 득
달하얏시며 쏘 짐이 발지 못하여 불칙흔 화빅에 환을
만니 이 산즁에 와 명을 보젼하며 경등 오기을 지달이던이
이예 츠즈와 나을 쏘 구하니 공을 논지하면 천하를 반분
할가 하노라 하시고 몬니 층찬하시더라 이날 밤 환궁
하고 화빅 슙족을 다 멸하고 화빅은 안즉 두엇다가 승
상과 부인 소졔을 모신 후에 죽이리라 하시더라

반가운 마음을 이기지 못하더라. 황제가 방에서 봉과 선이란 말을 들으시고

"꿈이냐? 생시냐?"

하니 봉과 선이 아뢰기를

"신의 형제가 위국에 지체하옵기로 황상이 그간에 이런 환을 만났사오니 이는 다 신의 죄로소이다."

한대 황제가 정신을 진정하여 봉과 선의 손을 잡고 왈

"경들은 짐을 위하여 수만 리 적국에 무사히 득달하였으며 또 짐이 밝지 못하여 불측한 화백의 환을 만나 이 산중에 와 명을 보전하며 경들이 오기를 기다리더니 이에 찾아와 나를 또 구하니 공을 논지하면 천하를 반분할까 하노라."

하시고 못내 칭찬하시더라.

이날 밤 환궁하고 화백의 삼족을 다 멸하고 화백은 아직 두었다가 승상과 부인 소저를 모신 후에 죽이리라 하시더라.

봉선 형제 황졔게 엿ᄌ오디 신에 아비 즁로에 두고 황상
급홈을 구ᄒ야 면져 왓사온이 잠간 나가 부모을 모시고
올가 ᄒ나이다 ᄒ디 황졔 굴아사디 속히 나가 달이고 올
라 ᄒ시더라 봉선 형졔 직시 나가 부모와 소졔와 활룡과
이 소졔을 달이고 들어와 황졔을 모시고 화빅을 잡
아니여 호령ᄒ야 왈 네놈은 들으라 우리 부ᄌ 읍심
을 알고 삼 연 전 엿ᄎ엿ᄎ ᄒ 죄을 알며 그간 황상을 엇
덕케 ᄒ안나요 ᄒ고 칼을 들어 침미 ᄒ작 팔이 쩌라질
시 화빅이 익걸 왈 소인에 죽을罪을 용서ᄒ사 살여 쥬
옵소서 ᄒ건늘 원수 왈 네놈도 글언 쥴 안난야 ᄒ며 ᄯᅩ 칼을 들
어 치니 ᄒ짜 달이 쩌러지건을 엽혜 섯던 졔신이 달여들어

봉과 선 형제가 황제께 여쭈되

"신의 아비를 중로에 두고 황상 구함이 급하여 먼저 왔사오니 잠간 나가 부모를 모시고 올까 하나이다."

한대 황제 가라사대

"속히 나가 데리고 오라."

하시더라. 봉과 선 형제가 즉시 나가 부모와 소저와 화룡과 이 소저를 데리고 들어와 황제를 모시고 화백을 잡아내어 호령하여 왈

"네놈은 들으라. 우리 부자가 없음을 알고 삼 년 전 여차여차한 죄를 알며 그간 황상을 어떻게 하였느냐?"

하고 칼을 들어 치매 한쪽 팔이 떨어질새 화백이 애걸 왈

"소인의 죽을죄를 용서하사 살려 주옵소서."

하거늘 원수 왈

"네놈도 그런 줄 아느냐?"

하며 또 칼을 들어 치니 한쪽 다리 떨어지거늘 옆에 섰던 제신이 달려들어

사지을 쩌져 혼칼에 버히더라 이젹 봉선 형졔와 화룡
이 황졔을 모시고 잇실시 국가 틱평ᄒ고 빅셩이 격
양가을 일삼아 셩덕을 일으고 셰월을 보너디
라

사지를 찢어 한칼에 베더라. 이적 봉과 선 형제와 화룡이 황제를
모시고 있을새 국가가 태평하고 백성이 격양가를 일삼아 성덕을 이
루고 세월을 보내더라.

미주

1) 숙조투림(宿鳥投林): 새가 잠자려 숲에 들어감.
2) 몹시하다: 더 할 수 없을 정도로 심하게 하다.
3) 여반장(如反掌): 손바닥 뒤집듯 쉬움.
4) 회시(回示): 죄인을 끌고 다니며 사람들에게 보이는 것.
5) 옥빈(玉鬢): 젊고 아름다운 얼굴.
6) 지기일미지기이(知其一未知其二): 하나는 알고 둘은 모름.
7) 만부부당지용(萬夫不當之勇): 수많은 사람도 당해 낼 수 없는 용맹.
8) 창안백발(蒼顔白髮): 늙어 여윈 얼굴과 센 머리털.
9) 무불통지(無不通知): 무엇이든 훤하게 통하여 모르는 것이 없음.
10) 권학강문(勸學講文): 학문을 권장하며 공부에 힘쓰도록 함.
11) 적수단신(赤手單身): 의지할 데 없는 외로운 몸.
12) 만부부당지용(萬夫不當之勇): 많은 장부들이라도 능히 당할 수 없는 용맹.
13) 왜전(矮箭): 길이가 짧은 화살.
14) 건즐: 수건과 빗.
15) 객창한등(客窓寒燈): 객창으로 비치는 쓸쓸한 불빛.
16) 팔년풍진(八年風塵): 오랜 시간 동안의 고난.
17) 회음 출생인 한신을 지칭함.
18) 초한가의 구절들.
19) 소식 〈적벽부〉의 한 구절. 시원한 바람이 불고 물결은 일지 않았다(淸風徐來 水波 不興).
20) 〈적벽부〉의 한 구절. 이윽고 달이 동쪽 산 위로 올라(少焉 月出於東山之上).
21) 부유(蜉蝣): 하루살이.
22) 창해지일속(滄海之一粟): 바다 속 좁쌀 하나같이 보잘것없는 존재.
23) 녹빈홍안(綠鬢紅顔): 젊은 여인의 아름다운 얼굴.
24) 쇄락(灑落): 상쾌하고 깨끗함.
25) 남풍지훈혜(南風之薰兮)하니: 향긋한 남풍이 부니.
26) 해오민지온혜(解吾民之慍兮): 성난 우리 백성을 풀어 주는구나!
27) 봉친(奉親): 어버이를 모심.
28) 호지무화초(胡地無花草): 오랑캐 땅에는 화초가 없다.
29) 사가보월 청소립(思家步月 淸宵立): 두보 시의 한 구절로, 집이 그리워 달빛을 밟으며 맑은 밤에 서성거린다는 뜻이다.
30) 취맥(取脈): 다른 이의 동정을 살핌.
31) 후기(後期): 훗날을 기약함.
32) 장원(牆垣): 담.
33) 권귀(捲歸): 혼인한 신부가 시댁에 가 시부모를 뵙는 것.
34) 인간대사(人間大事): 인륜대사. 혼인이나 장례와 같이 사람이 살아가면서 치르는 큰 일.
35) 번창출마(翻槍出馬): 창을 휘두르며 말을 타고 나아감.

36) 진심갈력(盡心竭力): 있는 힘과 마음을 다하다.

37) 고한삼년(枯旱三年): 매우 심한 가뭄이 삼 년 동안 있음.

38) 평명(平明): 해가 뜰 무렵.

39) 강보유아(襁褓幼兒): 포대기에 싸 기르는 아기.

40) 살지무석(殺之無惜): 죽여도 아깝지 않음.

41) 방수(房守): 여러 가지로 시중드는 사람.

42) 유고(有故): 특별한 사정이 있음.

43) 무가내(無可奈): 어찌할 수 없음.

44) 독촉.

45) 멈추라.

46) 불가승수(不可勝數): 너무 많아 셀 수 없을 정도임.

47) 천지망아(天之亡我): 자신의 잘못이 아니라 하늘이 망하게 함.

48) 비전지죄(非戰之罪): 싸움을 못해서가 아니라 운이 나빠 실패함.

49) 대갑(帶甲): 갑옷 입은 장졸.

50) 맹호(猛虎): 매우 사나운 호랑이.

51) 용투(勇鬪): 용감하게 싸움.

52) 동두철액(銅頭鐵額): 구리로 만든 머리와 쇠로 만든 이마처럼 모진 사람.

53) 가취(嫁娶): 시집가고 장가가는 것.

54) 장성(將星): 인연이 맺어져 있다는 별.

55) 심심장지(深深藏之)하다: 깊이 감추어 두다.

56) 서실(閪失): 흐지부지하다 물건을 잃어버림.

57) 구명도생(苟命圖生): 구차한 목숨만 겨우 부지하여 살아감.

58) 범람하다: 제 분수에 맞지 않게 넘치다.

59) 살지무석(殺之無惜): 죽여도 아깝지 않음.

저자 **서유경**

서울대학교 국어교육과를 졸업하고, 동대학원에서 석박사 학위를 취득하였으며, 현재 서울시 립대학교 국어국문학과에 재직하고 있다.

주요 논문으로는 「공감적 자기화를 통한 문학교육 연구」(2002), 「고전문학교육 연구의 새로 운 방향」(2007), 「〈숙향전〉의 정서 연구」(2011), 「〈심청전〉의 근대적 변용 연구」(2015) 등 다수 가 있고, 저서로는 『고전소설교육탐구』(2002), 『인터넷 매체와 국어교육』(2002), 『판소리 문학 의 문화 적응과 확산』(2016) 등이 있다.

백봉선전

초판인쇄 2020년 03월 05일
초판발행 2020년 03월 16일

옮 긴 이 서유경
발 행 인 윤석현
책임편집 박인려
발 행 처 도서출판 박문사
등록번호 제2009-11호
우편주소 서울시 도봉구 우이천로 353
대표전화 (02) 992-3253
전   송 (02) 991-1285
전자우편 bakmunsa@daum.net

ⓒ 서유경, 2020.

ISBN 979-11-89292-56-0 03810   정가 16,000원